KB174272

(The Red Sunset)

붉은 석양

Preface

엄마가 좋아? 아빠가 좋아?

객실승무원에게 서비스가 우선일까? 안전, 보안이 우선일까?

세상에서 제일 어려운 질문이 아닐까 한다….

우리가 표현할 수 있는 가장 정형적인 답은 항공기를 이용하는 승객에게 완벽한 비행 안전, 보안과 최고의 서비스를 함께 제공하는 것이 최종 목표라 할 수 있지 않을까?

성탄절을 얼마 안 남긴 연말,

머리 들어 하늘을 보니 서울시 강서구의 파란 하늘에 국내 항공사 소속 B737-800 한 대가 멋진 비행운을 그리며 날아가고 있었다.

수년 전 저자는 날아가는 비행기의 책임자로 있었고 탑승한 승무원과 승객의 안전과 최상의 기내서비스를 제공하기 위해 4만 피트 상공에서 객실을 순회하며 고군분투하고 있었다.

32년 10개월의 비행, 3만 3천시간, 현재 여객기 속도로 지구를 850바퀴 도는 시간,

처음 보는 분마다 어떻게 긴 세월을 비행기와 함께 지냈냐고 궁금해했지만, 저자에게는 길지 않은 시간이었다.

이제 비행의 날개를 접고 지상에서 미래의 객실승무원을 양성하고 있고 항공안전에 몸을 담고 있어 더욱더 보람을 느끼지만, 후학을 위해 뜻깊은 일을 하고 싶었기 때문에 수많은 날을 열정으로 되새김하여 국내에서 지금까지 볼 수 없었던 항공안전 관련 지식을 듬뿍 담은 국내 최초 항공테러소설 "붉은 석양The Red Sunset"이 세상에 나오게 되었다.

이 소설이
전, 현직 승무원에게는 항공 추억을,
예비승무원에게는 항공 지식을,
국민에게는 항공 안전과 보안에 대한 경각심을 되새김할 수 있는 좋은 계기가 되었으면 하는 마음뿐이다.

하늘이 안전할 때 안전을 한번 더 생각하는 것이 최고의 서비스… 파이팅!

"붉은 석양The Red Sunset"
저자 최성수

Contents

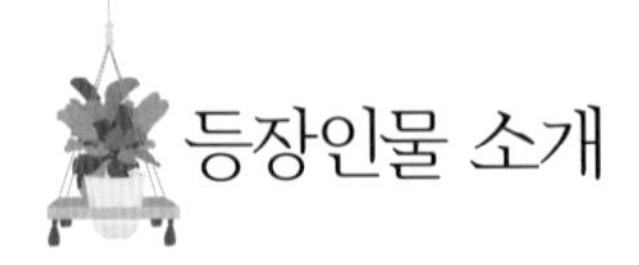

등장인물 소개

홍선홍
삼수 후 항공과 입학/군입대/복학/졸업 후 미래항공에 입사한 남 사무장

부기장
한국항공대학 졸업 후 B737-800 비행경력 1,000시간 보유한 부기장

강숙희
국내 항공과 졸업 후 미래항공 여승무원으로 입사한 신입 여승무원

김홍도
테러범 주역, 남자, 중국 소수민족 유격담당 교관

박미선
국내 일반대학 졸업 후 미래항공 2708편 최선임 여승무원

김나래
테러범 조역, 여자, 중국 소수민족 폭파담당 교관

이선자
국내 항공과 졸업 후 미래항공 2708편 선임 여승무원

양춘자
테러범 조역, 여자, 중국 소수민족 무술담당 교관

박기장
공군사관학교 졸업 후 B737-800 비행경력 3,400시간 보유한 기장

김소령
대한민국 공군 소령, F-35A 전투기 편대장

박대위

대한민국 공군 대위, F-35A
전투기 윙맨

중년 여성 승객

관광 여행객,미래항공 2708편
앞좌석 복도측 착석

앞좌석 남성 승객들

양양공항에
비즈니스 목적으로 방문하는 회사원들

미래항공

2025년 설립된
가상 국내 항공사

강서국제공항

2025년 준공된 김포국제공항 근처 가상
의 국제공항

황주공군기지

실제 북한 공군기지

청주공군기지

실제 대한민국 군 공항이며
민간공항으로 사용 중

항공 대테러 상황실

국내 가상
항공테러 통제기구

강서구 발산동 소재 대형종합병원

실제 서울시 강서구에 있는
이대**병원

미탄나이족

중국 가상 소수민족

Attention

소설의 시점은 5년 전 2019년 발생하여 세상을 지배했던 코로나19, 오미크론 펜데믹도 어느덧 지나갔던 2025년이며 내용에 등장하는 주인공, 장소, 시간, 장비, 행동 묘사는 모두 허구Fiction이다.

줄거리 및 시나리오는 국내 항공사에서 객실승무원으로 32년 10개월간, 3만 3천 시간의 수많은 비행 경험과 수많은 항공과 강의를 토대로 하여 작성되었고 작가의 상상력이 가미된 창조, 창작 및 Hypothetical Situation가설상황으로 집필되었다.

붉은 석양 The Red Sunset

2025년 9월,

5년 전 2019년에 발생하여 세상을 지배했던 코로나 펜데믹도 어느덧 지나가고 푹푹 쪘던 여름의 막바지, 초가을의 기운이 완연한 강화도 교동도 해병 2사단에 해병대 사령부에서 짤막한 한 통의 전통이 전달되었다.

"민간 항공기 북방한계선 접근 중, 전 중대원에 실탄 지급 완료하고 북한군 동태 감시에 최선을 다할 것. 유사시 절대 먼저 사격하지 말 것."

이에 해병 2사단에서는 각 예하 부대에게 연락하여 전방 초소 대공화기 경계 강화 및 후방 지원부대 출동 준비 태세를 점검하였고 오후 시간을 이용하여 족구를 즐기던 해병대 병사들은 즉시 장비 점검에 들어갔다.

이 시각 서울 강서구 마곡동에 있는 미래항공 본사에서는 오늘 오후에 출발 예정인 국내선 강원 양양행 비행인 미래항공 2708편 객실브리핑Cabin Briefing을 객실 사무장이 진행하고 있었다.

국내 최초 항공테러소설

붉은 석양

객실브리핑Cabin Briefing

"저는 이번 비행의 객실책임자인 홍선홍 사무장입니다."

"여러분 반갑습니다."

"먼저 객실승무원 서로들 오늘 처음이시고 잘 모르실 텐데 자기소개 짧게 부탁드립니다."

"안녕하십니까?"

"저는 이번 비행 최선임 승무원으로 테이저건 운반과 객실방송을 맡을 박미선 승무원입니다."

"저는 두 번째 선임 이선자 승무원입니다."

"박미선 선배님을 도와 테이저건 운반 듀티를 수행할 예정입니다"라고 세컨드 시니어 이선자 승무원이 소개를 마쳤고 이어

"안녕하십니까."

"저는 오늘 처음 비행을 하게 된 신입 객실승무원 강숙희입니다."

"사실 오늘 비행 생각을 하느라 어제 한잠도 못 잤습니다."

"다소 부족한 점이 있더라도 잘 부탁드리겠습니다."

객실 사무장을 비롯하여 3명의 승무원이 각각 자기소개를 마쳤다.

"이어서 비행 필수준비물부터 확인하겠습니다."

"모든 승무원께서는 아이디 카드를 비롯하여 비행 필수 휴대품을 저에게 보여주시기 바랍니다"라고 하며 객실책임자인 홍 사무장이 비행 필수준비물을 일일이 확인하였다.

"저희가 탑승할 비행기는 출발공항은 재작년 코로나 사태가 진정되면서 항공 수요가 엄청나게 급증함에 따라 김포국제공항이 포화상태가 되어 올해 새롭게 준공된 강서국제공항Kang Seo Int'l Airport*1에서 오후 3시 출발하여 양양공항에 오후 4시 도착 예정이며 도착 후 약 40분 정도 양양공항에 주기 해 있다가 오후 4시 40분 양양공항을 출발하여 강서국제공항에 저녁 5시 40분에 도착하는 미래항공 2708편/2709편입니다."

"오늘 양양국제공항까지 탑승할 비행기는 189석이 장착된 보잉 737-800 항공기 HL7542이며 예약한 승객은 120명입니다. 이 중 보행장애인 한 분이 탑승 예정입니다."

"신입 승무원인 강숙희 승무원께서는 보행장애인 한 분이 제일 먼저 탑승하시면 기내에 비치된 온 보드 휠체어On Borad

WheelChair[*2]를 사용하셔서 지정 좌석까지 안내해 주시기 바랍니다."

"다음은 비상, 보안장비 및 화재진압 장비에 관해 설명하겠습니다"

홍선홍 사무장은 이번 비행을 위해 준비한 비행기와 장비 특징에 대해 물 흐르듯이 설명을 이어나갔다. 항공사 승무원에게는 객실브리핑이라는 절차가 매번 반복되지만, 브리핑할 때마다 승무원 인원과 비행기 그리고 탑승하는 승객이 바뀌는 관계로 매번 긴장해서 준비하지 않으면 실수가 있을 수 있다.

따라서 홍 사무장도 긴장되기는 마찬가지이었으며 어젯밤 늦게까지 객실승무원들의 성경책이라고 할 수 있는 비행 교범COM:Crew Operation Manual[*3]을 펼쳐놓고 들여다보며 여러 장비와 사용법을 공부하였다.

"우리 비행기에는 비상 탈출 장비로 미끄럼틀이 모든 주 도어에 장착되어 있고 출발, 도착 시 저의 신호에 따라 비상 탈출용 미끄럼틀이 팽창, 정상 위치로 준비될 수 있도록 신

*1 김포국제공항에서 약 4km 떨어진 부천 근처에 건설되어 2025년 1월 준공되었으며 소재지는 부천시이지만 서울 강서구에서 가까워 강서국제공항이라고 명명되었다.

*2 일반 공항에서 사용하는 휠체어는 비행기 복도를 통과하지 못하므로 비행기 복도를 통과할 수 있는 전용 휠체어를 기내에 탑재하고 다닌다. B737-800 비행기는 주로 객실 뒤편 머리 위 선반 안에 비치되어 있다.

*3 비행 시 발생할 수 있는 모든 객실 내 비상상황에 대비해 장비, 탈출법, 규정을 적어놓은 책, 일반적으로 빨간색 겉표지로 되어있다

경 써서 준비해 주시기 바랍니다. 따라서 사무장의 기내방송, 또는 육성 신호를 신경써서 들어주시기 바랍니다."

"비행 중 화재진압 장비로는 모든 화재에 사용할 수 있는 할론 타입 소화기와 잔불 제거에 효과 있는 물 소화기가 비치되어 있고 화재진압 시 착용하는 PBE Protective Breathing Equipment*1가 준비되어 있으니 객실, 화장실 화재가 발생하면 먼저 착용하고 화재진압에 임해주시기 바랍니다."

"또한, 우리 회사는 아직 비상 긴급신호가 통합되지 않아 우리 비행기의 긴급신호는 인터폰 숫자에서 '2'를 두 번 누르시면 조종실에 연락이 되고 비상 신호는 '2'를 세 번 누르시면 운항, 객실 모든 승무원이 비상상황을 인지하게 됩니다. 앞, 뒤 갤리 연락 시에는 인터폰 키패드에서 5번을 누르시고 통화하시고 기내방송을 할 때는 8번을 먼저 눌러 주시기 바랍니다"

"보안장비로는 비상벨, 방폭 담요, 방탄조끼, 신형포승줄, 타이 랩, 테이저건 Taser Gun*2이 비치되어 있으니 각자 비행 전 점검 시 정 위치 및 작동상태를 점검해 주시기 바랍니다."

"승객 사항으로는 앞쪽에 휠체어를 사용하는 보행장애인이 한 분 탑승하실 예정이고 임산부와 노약자가 다수 탑승할 예정이니 비행 중 맡은 구역을 자주 순회하셔서 돌봄에 공백이 생기지 않도록 해주시기 바랍니다."

"비행기 뒤편에는 화장실이 두 개 설치되어 있습니다. 문제는 제일 뒤편에 착석하신 승객들이 화장실의 소음과 냄새로 불편해하시는 승객이 있으니 탑승하실 때 좀 더 반갑게 맞이해 주시기 바라며 비행 중 벨트사인이 켜지면 승객의 화장실 사용을 적극 제지해 주시기 바랍니다."

"비행기 날개 부근 손님께는 날개 위 비상구 작동법에 대해 반드시 설명해 주셔야 하고 비상시 원활한 탈출을 위해 앞뒤 간격이 넓은 대신 좌석이 뒤로 젖혀지지 않으니 이러한 점을 사전에 공지해 주시기 바랍니다."

평소와 다름없이 비행기 객실 내 비상장비 소개 및 사용법, 비상용 탈출 장비를 팽창Inflation, Deploy하는 절차에 대한 상세한 설명과 더불어 객실 사무장의 항공기에 대한 설명, 안전, 보안에 관한 사항과 승객 서비스에 대한 객실브리핑을 마친 후, 홍 사무장은 갑자기

"오늘 신입 승무원께서 처음으로 저희와 함께 비행하게 되었습니다."

"반갑습니다. 다시 한번 인사말을 들어보도록 하겠습니다"라고 하며 강숙희 신입 승무원을 소개하였다.

*1 기내 화재를 진압할 때 유독가스에 승무원이 중독되지 않도록 안면을 보호해 주는 장비

*2 항공기 안전이나 승객과 승무원의 생명 위협이 있을 때 사용하는 전기 충격 총

"아…. 안녕하십니까? 아까 소개해 드린 신입 강숙희 승무원입니다."

"저는 사실 미래항공 입사하기 위해 많은 노력을 하였던 승무원입니다. 여러모로 부족하지만, 선배님들을 도와 열심히 하겠습니다."

신입 승무원 강숙희는 대답하면서 마음속으로

"아까 처음에 자기소개할 때 이야기했는데 왜 브리핑 중간에 또 이러지?" 하며 약간 당황하였으나 이러한 멘트를 하며 객실브리핑을 주관하는 홍 사무장의 눈 안에 신입 강숙희 승무원에 대한 남다른 애정이 아지랑이 가득한 봄날 땅을 가르며 세상 밖으로 뛰쳐나오는 샘물처럼 "폭","폭" 솟아나고 있었다.

"마지막으로 오늘 기내 탑재하는 보안장비는 항공기 제일 앞쪽의 승객 코트룸 장소에 보관되어 있습니다. 담당 승무원께서는 항공기에 탑승하면 제일 먼저 사용 가능 여부를 파악하시어 저에게 보고해 주시기 바랍니다.

또한, 각 갤리와 객실승무원의 점프 시트Jump Seat*1 하단에 비상 보안 벨이 설치되어 있으니 그럴 리 없지만, 비행기 납치 발생 시 벨을 사용하여 조종실에 신속히 알려주시기 바랍니다. 다시 한번 말씀드리지만, 우리 비행기의 비상 신호는 인터폰에서 2, 2, 2번을 누르시면 됩니다."

"이어서 운항 브리핑Joint Briefing*2이 있겠습니다"라고 하며 자신이 주관하던 객실브리핑을 종료하였다.

객실브리핑 종료 후 잠깐의 공백 시간에 박미선 승무원이 슬그머니 신입 강숙희 승무원에게 접근하였다.

“우리 사무장님 보면 볼수록 괜찮은 남자 아냐?”

“그런데 더 희망적인 소식은”

“호호 아직 싱글이래….”

“근데 브리핑 중 자기를 자꾸 쳐다보는 눈길을 보니 맘에 있어 하는 것 같은데 오늘 비행 후 마곡동 멋진 카페에서 커피 한잔할 의향 있어?”

“자기 쳐다보는 눈에서 하트가 뿅, 뿅 나오던데…. 호호”

“내가 이래 봬도 사람 보는 눈은 있잖아?”

“안 그래 숙희 승무원?”

박미선 승무원이 막내 신입 승무원에게 자신이 마치 모든 것을 다 알고 있다는 듯이 미소를 지으며 주위에서 들리지 않을법한 나지막한 소리로 이야기하였다.

강숙희 신입 승무원은 오늘 우연히 미래항공 비행 준비실에서 만나 비행 준비를 같이하면서 홍 사무장을 다시금 괜찮은 사람이라고 생각했었는데 막상 선임 승무원이 물어보니 어떻게 대답하면 좋을까 망설이고 있었다.

*[1] 이착륙 시 객실승무원이 착석하는 접이형 좌석으로 일반 승객은 착석하지 못하게 되어 있다.

*[2] 비행 전 조종사와 객실승무원이 함께 모여서 정보를 교환하는 절차

"자기를 살짝 마음에 있어 하는 것 같은데."

"내가 이래 봬도 촉 이 좀 있거든…. 귀신은 속일 수 있어도 나는 못 속여"

"그럼 이따 비행 후 마곡동에서 보자."

"참…. 선배님도 저 오늘 입사 후 첫 비행이에요"

"제가 혼자 나가기 좀 부끄럽네요"

"선배님도 같이 가시면 안 될까요?"

"부탁드릴게요"

"응, 그럼 알았어…. 박봉이지만 커피는 내가 살게."

"이따 비행 후 보자."

"네,"

박미선 승무원과 신입 승무원인 강숙희가 조용한 대화를 주고받았다.

새로운 경험

사실 오늘 미래항공 2708편 객실 사무장인 홍선홍은 신입 승무원과 2019~2022년 코로나가 한창 유행했던 시절 학교 다닐 때 객실승무원을 양성하는 항공과 선후배 사이였고 이때 홍 사무장의 나이는 입시에 세 번 실패해 삼수한 관계로 24세, 강숙희 승무원의 나이는 대학 초년생답게 21세였다.

학교생활을 하면서 서로 사귀자는 이야기는 하지 않았지만, 각자 상당한 호감을 느끼게 되어 남들이 보지 않는 학교 구내의 사람이 없는 곳이나 늦은 시간 도서실에서는 항상 손을 잡고 체온을 나누며 항공사 입사를 위한 공부를 했었던 기억이 있었고, 여름, 겨울 방학 동안 서울시 강서구 음식점에서 함께 아르바이트하면서 서로에 대한 애정이 더욱 깊어지게 되었다.

그들이 단골로 아르바이트하는 이탈리안 음식점 사장님

은 모르셨겠지만, 간혹 서빙을 받은 손님이 호기로 팁이라도 주시면 홍선홍은

"손님 감사합니다."

"굳이 안 주셔도 되는데 어차피 주신 정성 좋은 곳에 잘 쓰도록 하겠습니다."라고 하며

차상위 계층으로 등록금 마련에 쩔쩔매는 강숙희에게 매번 몰아주어 몸 둘 바 몰라 했던 시절,

2021년 11월 1일부터 코로나 거리 두기가 해제되어 아르바이트 음식점이 늦게 끝나게 되면 홍 사무장은 자신의 집이 매장에서 10분 거리인 강서구 아파트임도 불구하고 경기도 안산시에 사는 강숙희 집까지 매번 바래다주었고 이런 배려로 인해 서로가 상대에 대해 더욱더 호감을 느끼고 있었다.

당시 홍선홍은 마음속으로

"나 너 좋아해."

"우리 이제 사귀어야 해."

"이제 내 마음 알았찌?"

"내가 숙희를 사랑하는 만큼 비가 온다면 지구는 아마도 물에 잠길 거야"

이러한 고백 연습을 혼자서 수없이 되풀이했었지만, 용기가 안 나 고백을 못 했었고 연애 경험도 부족하여 표현에 미숙했던 홍선홍이 강숙희에 대한 사랑의 느낌만큼은 이미 깊은 바다와 높은 하늘과도 견주어 뒤처지지 않을 것 같은 큰 호감을 느끼고 있었다.

“사랑은 만질 수도 없고 볼 수도 없고 들을 수도 없다. 오직 표현하는 것뿐이다”라는 어느 영화의 마지막 대사처럼 홍선홍이 강숙희에 대한 사랑의 실체를 느끼고 인식한 것을 표현하기까지는 제법 많은 시간이 흘러야 할 것 같았다.

둘은 비록 바쁜 아르바이트 생활이지만 주방이나 홀에 아무도 없는 경우 어쩌다 둘만의 시간이 허락되면 항상 테이블 밑으로 서로의 손을 잡고 있었고 드물지만, 입술과 치아만 접촉하는 가벼운 뽀뽀와 포옹Hug 같은 신체접촉을 즐기게 되었으며 음식점 아르바이트 계약 기간이 만료된 마지막 날, 항상 그래왔듯이 안산이 집인 강숙희를 데려다주고 돌아서려는 홍선홍에 강숙희가 불쑥 말을 던졌다.

“오빠, 이렇게 갈 거야?”
“난 오늘이 아르바이트 마지막 날이라 재미있게 해줄 것 같았는데.”
“싱겁다 ….”
“오빠, 원래 그래요?”
강숙희가 입술을 내밀며 뿌루퉁하게 말하자

“아냐 사실은 나도 너무 아쉬웠어.”
“어떻게 내 마음을 고백해야 좋을지 한동안 고민했단 말이야.” 하며 홍선홍이 강숙희를 살짝 앞으로 당겨 품속으로 안아주었다.
이제까지는 손만 잡고 살짝 입맞춤 정도의 신체접촉만 해왔지만, 강숙희의 앞가슴 튀어나온 부분이 홍선홍의 넓고 단단한 가슴에 닿자 강숙희도 지금까지 한 번도 느껴보지 못했던 성인들만의 황홀한 느낌이 회오리치듯이 몰려왔고 키스를 하며 회오리치는 흥분감Buck Fever*1을 느꼈으며 누가 먼저라고 하지는 않았지만 나무토막처럼 서 있었던 홍선홍을 있는 힘을 다해 끌어안았다.

잠시 후 밀도가 다른 쇠붙이가 고온의 산소용접기에 의해 녹아 용접되어 한 몸이 되는 것처럼 서로를 단단하게 안고 있었던 팔을 슬며시 풀더니 홍선홍의 단단한 혀가 치아 사이를 비집고 들어가 마치 단단한 껍질로 보호받고 있는 말랑말랑한 달걀 노른자위처럼, 부드럽고 아직 익지 않은 푸른 사과처럼, 상큼한 맛을 내며 따뜻하고 수줍은 공간에 살포시 숨어있던 강숙희의 혀와 위쪽 아래쪽을 스치며 마주치게 되었다.

"허"

"하"

숨이 차는 듯이 강숙희가 신음을 내뱉었고 이러한 순간을 놓치고 싶지 않은 듯 힘을 주어 껴안자 이번에 홍선홍의 신체 아랫부분이 강숙희의 하복부를 압박하기 시작하였다.

"아"

지금까지 입사 준비, 아르바이트에 열중하느라 한 번도 경험해 보지 못한 남자의 부드러우면서도 두껍고 이상한 물체가 아랫배를 찔러대자 강숙희의 은밀한 부분에서 반응이 일어나기 시작하였고 자신도 그게 무엇인지는 정확히 모르겠지만 온몸이 뜨거워지는 느낌을 더는 감출 수 없었다.

"오빠 우리 오늘 추운데 자고 갈까?"

"나 지금 춥고"

"오늘만큼은 둘만 있고 싶단 말이야."

강숙희가 홍선홍의 입에서 자신의 혀를 불러들이고 입술을 살짝 떼며 귀에 뜨거운 입김을 불어 넣으며 물었다.

"그래 오늘은 아르바이트 마지막인 날이니 나도 그게 좋을 것 같아."

"근데 어디서?"

"너희 집은 부모님 계시잖아?"

홍선홍도 더 견디기 힘들었는지 얼굴이 빨갛게 달아올라 대답하였다.

"여기 MT 많아."

"응? MT?"

"MT는 대학 동아리 멤버십 훈련 활동이잖아?"

"아이….."

"M은 엠, 오!"

"T는 티, 이, 엘 의 약자!"

"따라 해봐."

*1 새로운 경험을 하기 전의 흥분감

"모 오 텔."

"모텔이란 말이야."

강숙희도 쑥스러워하며 홍선홍에 자기가 한 말을 따라 하라고 얼굴을 꼬집으며 재촉하였다.

"응…. 모텔."

"MT는 대학의 멤버십 트레이닝이 아니고 모텔의 약어야, 호호호."

"넌 참 아는 것도 많아 좋겠다."

"난 오늘 비용은 숙희 네가 내라."

"다음에 갚을게, 알았지?"

"응…. 알았어."

홍선홍은 입가에 미소를 가득 머금으며, 강숙희의 머리를 가슴에 안은 채 부드럽게 쓰다듬고 있었고 숙희의 머리카락에서 풍겨 나오는 상큼한 레몬 샴푸 향기가 경기도 안산의 가을밤을 미국과 캐나다 국경에 근처에 있는 나이 가가라 폭포의 월풀Niagara Whirlpool처럼 회오리치며 점령하고 있었다.

둘은 모처럼 지금까지 한 번도 해보지 않았던 연인 간의 깊은 대화를 나누면서 도망치려는 물고기를 붙잡듯이 서로의 팔짱을 단단히 꼈고 반짝거리며 어서 들어오라고 손짓하고 있는 무인 MT에 블랙홀처럼 빨려 들어가고 있었다.

코로나 시절 중소기업의 몰락

이렇게 그들의 썸이 막바지로 다다를 무렵, 전국을 휩쓸었던 코로나19 펜데믹은 대한민국 국민의 90% 이상이 백신을 2차 접종까지 했고 부스터 샷까지 진행 되었음에도 불구하고 수그러들지 않고 있었고 일부 국민과 자영업자의 강력한 요구로 정부가 위드 코로나With Corona를 선포했음에도 델타 변이, 오미크론 이라는 전염성 강한 변종의 생성으로 오히려 일일 확진자가 만 명 이상 급격히 증가하는 등 그해 초가을에 들어서면서 코로나19 감염병이 다시금 맹위를 떨치게 되었다.

한편 음식점에서 사용하는 냅킨을 제조하는 중소기업을 운영하시는 홍선홍 아빠는 코로나19 이후 정부의 위드 코로나 영향으로 경기가 살아나리라 예측하여 냅킨 제조에 필요한 원자재를 상당히 비축해 놓았고 신규인원 채용, 그리고 냅킨 제조에 필요한 신 기계를 사들이는 등 그동안의 손해를 한 번에 만회할 심산으로 은행에 사정사정하여 신규 신용대출을 받아 냅킨 제조 부문에 막대한 투자 하였으나 결국 코로나19의 여신女神은 홍선홍 가정에 부드러운 미소를 내어주지 않았다.

위드 코로나 정책에도 불구하고 코로나19 변종까지 합세하여 일일 확진자가 엄청난 속도로 증가하는 등 폭발적으로 계속되는 코로나 감염자 증가로 인해 대한민국 정부는 다시 고강도 거리 두기 제한을 시행하게 되었고 이로 인해 음식점 및 자영업자의 사업 수익이 다시 한번 곤두박질치자 홍선홍 아빠 회사는 매출 부족으로 인해 개인이 도저히 감당할 수 없을 만큼의 막대한 빚을 남기게 되었다.

이는 곧 가정의 생활비 부족과 가계의 파탄으로 이어지게 되었으며 회사와 가정의 경제활동을 책임지고 계시던 아빠의 중소업체는 엄청난 부채를 떠안고 무게를 견디지 못해 파산선고를 법원에 제출하게 되었으며 법원의 판결 이후 날마다 술로 어려운 시간을 흘려보내시다가 결국 뇌경색으로 쓰러져 병원 중환자실에 입원하시게 되었던 것이었다.

이틀 뒤 담당 주치의로부터 받은 소식은 가히 충격적이었다.

"죄송합니다. 큰 수술로 아빠가 생명은 건지셨는데…."

"알고보니 큰 문제가 생겼습니다"
"이쪽 MRI 사진에서 보실 수 있듯이 말이죠."
"오른쪽 뇌 부분이 대부분 마비되어 평생 의식을 회복하지 못하실 것 같습니다."
"보시는 바와 같이 이렇게 검은색으로 변색한 부분은 혈액 공급이 안 돼 뇌가 괴사하여 있는 상태를 보여주는 것입니다."
주치의는 홍선홍에 입원 당시 찍은 MRI 사진에서 아빠의 뇌가 부분적으로 마비되어있는 상태를 보여주며 물었다.

"이렇게 되기까지는 분명히 전조증상이 있었는데 왜 이제야 병원을 오셨나요?" 수술을 집도한 주치의가 홍선홍에 물었다.

"저희는 아빠가 매일매일 힘드신 건 알고 있었지만 그런 내색을 전혀 하시지 않으셔서 쓰러지실 때까지 전혀 몰랐습니다."
"그럼."
"그럼 우리 아빠는 식물인간이 되시는 건가요?"
홍선홍이 눈물을 글썽이며 말했다.

"죄송하지만 현재로는 그렇습니다."
"저희는 최선을 다했습니다."
"그럼 이만 다른 위중한 환자가 있어서요."
"실례합니다."

설명을 마치고 담당 주치의가 중환자실을 빠져나간 후, 코로나19로 직격탄을 맞은 세상의 모든 걱정을 뒤로하고 편안히 누워 있는 아빠를 보며 홍선홍은 한동안 말을 잇지 못하고 있었다.

"아빠."
"정신 좀 차려보세요."
"…… 흑흑 이렇게 되시면 우리는 어떻게 해."
"여보 우린 어떻게 해요."
"말 좀 해보세요"
"이제 다 끝이야."
"끝이라고."

중환자실 옆자리에서 다 들릴 정도로 어깨를 흔들며 흐느끼는 어머님을 보며 홍선홍은 결심했다.

그 당시 홍선홍은 동생과 자신의 학자금 마련을 위한 돈을 빌리기 위해 이리 뛰고 저리 뛰는 어머님을 도우려는 마음과 어차피 지급해야 할 가정 생활비용에서 한 입이라도 줄여야 한다는 절박한 심정이었고 아르바이트로 벌어들일 수 있는 금액은 한계가 있어 나 혼자 잘 먹고 잘살자고 더는 학업을 계속할 수 없었다.

며칠 후, 누구든 지원하면 신속히 입대할 수 있는 해병대에 지원하여 입대하게 되었고 또한 누구의 잘못도 아니었지만, 입대 후 연일 계속되는 훈련과 군대 내 이런저런 사정으로 인해 카톡이나 문자도 차일피일 미루다 보니 자연히 강숙희와의 연락이 끊겨 두 사람의 관계는 마치 대낮에도 축축하고 어두운 습지의 늪처럼 깊은 추억 속으로 지워지게 되었다.

코로나 사태로 인한 가정의 파탄과 아빠의 식물인간 투병…. 이로 인한 홍선홍의 갑작스러운 입대 후,

강숙희는 항공과를 졸업하고 그동안 자신의 목표였던 항공사 입사를 위해 여러 번 국내, 국외 항공사 객실승무원 채용에 가리지 않고 응시하였으나 국내 항공사는 마지막 관문인 최종면접에서 항상 탈락하였고, 아랍에미리트 항공, 카타르 항공, 싱가포르 항공 등 외국 항공사는 영어 회화 실력이 남보다 못해 집단 토론 면접에서 번번이 낙방하여 약관의 나이인 24세, 이제야 미래항공에 우연히 입사하게 되었던 것이었다.

당시 여러 번 항공사 채용에서 낙방한 강숙희는 미래항공 객실승무원으로 입사하기 전까지 부족한 외국어 실력을 향상하고 자격증을 취득하기 위해 해외 저임금 노동의 꽃으로 알려진 호주 워킹홀리데이도 마다하지 않고 다녀오고 제2외국어 자격증 취득 그리고 항공사 객실승무원, 철도승무원, 공항 지상직 근무자에게 엄청나게 필요하다고 주위에서 조언해 주었고 코로나19 시대 이후 필요하다고 느꼈던 간호조무 자격증까지 1년 꼬박 간호 교육기관을 다니고 병원 실습 4개월을 견뎌낸 후 국가 자격시험을 보아 당당히 자격증을 손에 쥐게 되었다.

새로운 시작

항공사 입사에 필요한 여러 가지 자격을 갖추는 동안 강숙희도 어느덧 20대 초반을 넘기게 되었다. 이제는 나이도 있고 해서 항공사 승무원 지원은 이번이 정말 마지막이라고 생각하였고 회사 입사 전까지 전혀 몰랐지만 2년 전 홍선홍이 전역 후 입사한 미래항공에 그동안의 고통을 보상이나 받으려는 듯 당당히 합격하게 되었으며 서로의 기억 속에 학창 시절 아련한 썸으로만 자리 잡았던 홍선홍, 강숙희 서로가 국내 항공사인 미래항공에서 객실 사무장, 신입 승무원으로 만나게 되었던 것이었다.

꿈에도 몰랐던 조우Encounter*1였다.

그동안 새까맣게 잊어버렸던 "썸"이라는 외 글자….

대학 시절 자기를 그렇게 살갑게 챙겨주었고 가정생활 문제로 자신에게 한마디 연락도 없이 홀연히 군대에 입대한 바로 그 남자를 오늘 이곳 미래항공 객실 브리핑실에서 객실 사무장으로 다시 만나게 된다니….

"Oh My Cruel Destiny잔인한 운명."
"아니면 행운인가…."
"맞지."
"이건 행운임이 틀림없어."
"이건 분명히 행운일 거야."
강숙희는 마음속으로 다짐했다.

신입 승무원 강숙희가 잠시 이런 생각에 잠겨 있는 동안 브리핑실 바깥에서 대기하고 있었던 운항승무원인 박 기장과 부기장이 브리핑실로 들어와 운항브리핑을 시작하였다.

"안녕하십니까? 저는 오늘 미래항공 2708편 박 기장입니다."
"우리 비행기는 오늘 강서국제공항의 활주로 바람 방향이 바뀌어 32L 런웨이Runway*2로 이륙할 예정이며 이륙 직후 인천의 계양산 근처를 돌아 서울 잠실체육관-남양주-대관령을 넘어 양양공항에 착륙할 예정입니다."

"비행기가 대관령산맥을 통과할 때 상승, 하강기류가 심

*1 계획하지 않았으나 갑자기 마주치는 현상
*2 활주로

하여 약간 흔들릴 것으로 예정되고 일단 동해로 나갔다가 양양비행장 활주로에 접근Approach해야 하니 이런 과정에서 한 번 더 비행기가 흔들리는 터뷸런스Turbulence*1를 만나게 될 것 같습니다."

"1시간의 비교적 짧은 비행시간이지만 기내보안과 조종실 출입 절차에 대해 숙지해 주시기 바라며 조종실 출입 시 먼저 인터폰을 사용하여 조종실에 연락해주시고 노크 3회의 절차를 지켜주시기 바랍니다."

"그리고 인터폰을 사용하지 못할 테러와 같은 비상상황이 발생하면 갤리와 객실승무원 점프 시트 하단과 갤리 내에 설치된 빨간색 비상 보안벨을 눌러주시기 바랍니다."

"또한, 항상 강조하지만, 스터릴 칵핏Sterile Cockpit 다들 아시죠?"

"비행기가 지상을 포함하여 1만 피트 이하를 운항할 때 조종실이 매우 바쁘니 객실 내 긴급한 안전, 보안사항을 제외한 기타 연락은 자제해 주시기 바랍니다."

"오늘도 힘냅시다. 파이팅!"을 외치며 박기장이 주관하는 운항브리핑Joint Briefing을 순조롭게 마치게 되었다.

본사가 강서구 마곡지구에 있는 미래항공에서 강서국제공항까지 거리가 있는 관계로 승무원들은 객실,운항 브리핑 후 공항까지 데려다주는 전용 버스를 이용하곤 했다.

승무원 전용 픽업 버스에 올라타기 전

"선배님 저는 오늘 첫 비행인데요…"

"오늘 비행 분위기가 뭔지 모르겠지만 기분이 약간 이상하네요."

"제가 심심풀이로 유튜브를 자주 보거든요."

"뭔가 큰일이 일어나거나 대운이 들어올 시기에 이상한 분위기와 전조증상이 일어난다고들 하던데."

"하늘이 갑자기 붉어진다든가 아니면 수돗물 색깔이 변한다든가."

"새들이 갑자기 날아오른다든가…."

"집에서 키우고 있던 반려동물이 이상한 행동을 한다던가요"

"뭐 그런 것 있잖아요."

"왠지 이런 이상한 기분 처음이에요."

"제 느낌인지 모르겠지만 오늘따라 태양이 유난히 슬퍼 보이네요."

신입 승무원인 강숙희가 선임 승무원 박미선의 귀에다 대고 속삭이듯 말했다.

"그 말 듣고 나니 나도 그래요."

박미선 승무원이 대답했고 버스에 먼저 올라탄 당 편 객실 사무장인 홍선홍은 건너편에 앉아 창밖으로 펼쳐진 마곡대로의 9월 풍경만 묵묵히 바라보고 있었다.

*1 기체요동

불길한 전조

한편 미래항공의 객실, 운항브리핑이 끝나 양양행 비행기 조종사와 객실승무원들이 차량으로 강서국제공항 국내선 청사로 이동할 즈음,

강서국제공항 국내선 2층 미래항공 체크인 카운터에는 보기에도 건장한 남자 1명과 여성치고는 어깨가 딱 벌어졌고 팔뚝이 이상하리만큼 굵어 체구가 남다른 여자 2명, 총 3명의 승객이 도착하였고 그중 여자 승객 1명은 휠체어를 타고 있고 남자 승객이 휠체어를 끌고 있었으며 이들은 모두 강서국제공항에서 출발하는 양양공항행 미래항공 2708편 비행기에 탑승하기 위해 발권을 기다리고 있었다.

휠체어를 끌고 있는 남자 승객의 이름은 김홍도, 휠체어에 탑승한 여자 승객의 이름은 양춘자, 그리고 그 옆에 캐리어를 소지한 채 서서 대기하고 있는 승객은 김나래이었다.

그들 역시 일반 여행객들이 휴대하는 평범한 캐리어Carrier를 소지하고 있었다.

남자 승객은 작은 가방을 어깨에 메고 있었으며 주위의 체크인 수속 승객과 달리 보였던 점은 3명 서로가 일행임에도 불구하고 대화가 전혀 없었으며 서로 의미 있는 눈빛만 교환하였고 어떤 이유인지 모르겠지만 모두 무척 긴장한 듯 보였다.

"어서 오십시오."

"출발장 안내 도우미 김미하 공항 실습생입니다."

"오후 3시 미래항공 2708편 양양행 비행기 탑승하실 예정이신 거죠?"

"탑승권 자동발권기인 키오스크Kiosk를 안내해 드릴까요?"

미래항공 발권 데스크 앞에서 항공과 실습생으로 근무하는 김미하 실습생은 학교에서 배웠던 공수 자세와 상냥하고 공손한 어투로 일행에게 안내하였으나 어쩐 일인지 일행 중 공항실습생 김미하의 살가운 안내에 답을 하는 일행은 없었다.

학교에서는 승객에게 친절히 인사하면 답례가 있을 것이

라는 항공과 교수님들의 가르침과는 달리 승객들로부터 피드백이 없어 약간 뻘쭘한 항공과 실습생은 살짝 민망한 순간을 모면하고자

"그럼 발권카운터로 안내해 드리겠습니다."
"이쪽으로 오시겠습니까?"
"이쪽 줄을 이용하시면 되겠습니다."
"네."

짧고 퉁명한 대답을 하고 남녀 일행들은 발권카운터로 가서 가방과 소지한 짐을 수화물 운반용 컨베이어 벨트 위에 내려놓고 발권을 담당하는 직원에게 아무런 말도 없이 신분증 3장을 모아 한꺼번에 제시하였다.

"안녕하세요, 반갑습니다."
"총 3분이 일행이시죠?"
"저희가 발권 전 신분증과 일치하는 승객인지 확인을 해야 하는 절차를 해야 해서요…"
"죄송하지만 마스크 좀 잠깐 내려주실 수 있나요?"

미래항공 발권 직원은 일행의 신원확인을 하기 위해 일행이 제시한 신분증을 손에 든 채 최대한 존칭어를 사용하며 요청하였고 3명의 일행은 차례대로 마스크를 내려 얼굴을 충분히 보여주는 것이 당연하였지만 부담스러운 듯 각자 반쯤만 내려 보여주었다.

신분증 사진과 얼굴을 확인한 발권 데스크 직원이
"손님, 일행이 3분이시죠?"

"좌석을 분리해서 예약하셨는데 함께 착석하실 수 있도록 같은 열 자리로 배정해 드릴까요?"라고 물어보았으나 일행 중 김홍도 승객이

"아니요, 원래 저희가 각자 예약한 복도측 자리로 배정해 주시면 돼요"라고

퉁명스럽게 대답하였고 이에 미래항공 발권 직원은

"아, 네. 알겠습니다."

"그러면 24C, 35D, 37C 이렇게 원래 예약하신 복도 측 좌석으로 배정되었습니다."

"참고로 일반석 제일 앞쪽 좌석은 아닌 대신에 보행에 불편하신 승객을 고려하여 화장실 가시기에는 무리가 없는 좌석으로 배정되었습니다."

미래항공 발권 직원은 양양공항행 비행기 탑승을 위한 발권 및 짐 수속을 마치고 탑승권 3매와 제시하였던 신분증을 돌려주면서 무심히 돌아서서 가려는 일행의 등을 보며

"이용해 주셔서 감사합니다."

"안녕히 가십시오."

"양양공항까지 즐겁게 여행하세요"라고 살갑게 말하였다.

이어 발권 데스크 앞에 서 있던 항공 실습생도 동시에

"좋은 비행 되세요"라고 깍듯이 인사하였으나

인사를 듣는 둥 마는 둥 공항 2층 중간에 있는 엘리베이터를 이용하여 3층 국내선 출국장에 도착하였다.

일행은 미래항공 카운터에서 받은 탑승권을 각자 이름에 맞도록 나누어 가지고 보안 검색을 받기 위해 서둘러 줄을 서고 있었다.

이때 김홍도 승객의 핸드폰이 요란스러운 발신음을 내며 울리기 시작하였다.

"아…. 여보세요." 김홍도가 핸드폰을 열며 대답했다.

"네. 김홍도 손님이시죠?"

"조금 전 손님 일행의 짐을 체크인해 드린 미래항공 발권 카운터 직원입니다."

"다름이 아니고 손님 일행의 짐에서 엑스레이로 탐지가 안되는 이상한 물건이 발견되어 공항보안 검색팀에서 개봉 검색 의뢰가 왔습니다."

"죄송하지만 잠시 내려오셔서 저희와 함께 부치신 짐을 확인해 주셨으면 하고요…."

"……"

잠시 아무 말 없이 머뭇거리던 김홍도가 아무런 감정 없이 대답했다.

"네."

"알겠습니다."

잠시 후 2층에서 타고 온 엘리베이터를 다시 이용하여 미래항공 발권카운터에 도착한 일행은 카운터 뒤쪽에 있는 조그마한 방으로 안내되었다.

그곳에는 공항보안 검색요원 2명이 일행을 기다리고 있었으며 일행이 도착하자 검색요원이 먼저 말문을 열었다.

"손님 가방에서 확인이 불가한 물체가 발견되어 보안상 개봉검색을 시행하고자 합니다."

"죄송하지만 가방 좀 열어주시겠습니까."

이에 불편한 기색이 역력하던 김홍도가 일행과 함께 아무 말 없이 선 채로 공항보안 검색요원의 눈을 주시하고 있었다.

잠시 후 서먹한 시간이 지나고

"그렇게 죄송하다고 생각되시면 직접 열어서 검색해 보시지요?"

김홍도가 퉁명스럽게 말했다.

하지만 공항에서 수많은 승객들의 가방을 개봉검색 해 왔던 공항 보안 검색요원은 김홍도 승객의 도발스러운 말투에도 불구하고 다시 침착하고 단호한 어조로 말했다.

"규정상 손님의 짐은 손님께서 직접 열어주셔야 합니다."

"협조해 주시기 바랍니다"

이에 김홍도는 짜증 섞인 어투로 대답했다.

"참나, 정말 귀찮게 왜 그러시나요?"

"비행기를 많이 이용했어도 이런 적은 처음인데 기분 정말 나쁘네요."

"우리가 휠체어 장애인을 네리고 있다고 홀대하는 겁니까?"

"교통약자를 배려해 주기는커녕 오히려 불편하게 하니 이게 무슨 서비스죠?"

"그리고 내가 뭐…. 테러범이라도 된다는 말인가요?"

"만일 가방에서 의심스러운 물건이 안 나오면 책임지실 거예요?"

김홍도가 신경질적으로 대답하였다.

"손님, 안전을 위한 절차이니 가방을 직접 열어봐 주시겠습니까?"

다시 한번 공항보안 검색요원은 무겁고 확실한 용어를 사용하며 김홍도에게 가방 개봉을 요청하였다.

"아이, 참…."

매우 귀찮다는 듯이 김홍도가 마지못해 가방의 지퍼를 개봉하였다.

"자…. 보시죠."

"뭐가 궁금하신지 다 보시라고요!"

김홍도가 화를 벌컥 내며 공항보안 검색요원에게 말하였다.

이에 아랑곳하지 않고 장갑을 낀 채 주섬주섬 그리고 꼼꼼히 가방 내부를 검색하던 공항보안 검색요원이 답하였다.

"아…. 이것이군요."

"헤어드라이어를 알루미늄 포일로 덮으셔서 물체가 엑스

레이 판독 불가로 인식된 것 같습니다."

"헤어드라이어를 알루미늄 포일로 이렇게 감싸신 이유는 뭐죠?"

공항보안 검색요원이 김홍도에게 되물었다.

"아니 내가 내 물건을 알루미늄 포일로 감싸든 헝겊으로 감싸든 나무로 감싸든 그게 무슨 상관이에요."

"그건 헤어드라이어가 외제 고가제품이라 보호하기 위해 감싼 것뿐이죠."

"아시겠어요?"

"진짜 승객들 괴롭히는 데는 일가견 있는 공항이네."

"바쁜 승객들 이렇게 와라. 가라 해도 괜찮은 겁니까?"

"여러분들 어디 소속인가요."

"강서국제공항 공사에 정식으로 항의할 겁니다."

"진짜 항의하나 안 하나 두고 봅시다."

"정말 짜증 나네."

김홍도가 거친 어조로 퉁퉁거리며 대답하였다.

"손님 검색이 완료되었습니다."

"바쁘신 시간에 협조해 주셔서 대단히 감사합니다."

"즐거운 여행 되시기 바랍니다"

공항보안 검색요원이 대답하자마자 김홍도 일행은 가방을 수습하고 검색 방을 도망치듯 나와 내려올 때 이용했던 엘리베이터를 타고 허겁지겁 다시 3층 출발장에 도착하였다.

절묘한 연극

당시 강서국제공항 3층 국내선 출발장에는 승객이 많아 보안 검색을 받기 위해 한동안 기다려야 했다.

마침내 일행의 순서가 와서 다른 승객과 마찬가지로 남녀 3명의 일행이 국내선 출입구 앞에서 신원 검색을 하는 보안 검색요원의 요청에 따라 신분증, 탑승권을 보여주고 마스크를 내려 신분증과 얼굴을 대조한 다음 보안 검색 장으로 들어서려는 순간 출발장 입구에서 신분증을 검사하던 보안 검색요원이 급히 일행을 불러 세웠다.

"손님, 잠깐만요…"

3명이 일행이 모두 발걸음을 중단하고 뒤를 돌아본 순간

"이것 두고 가셨네요."

출입구에서 승객 탑승권과 얼굴을 인식하던 보안 검색요원이 빙그레 웃으며 양춘자, 김나래 승객에게 구찌 선글라스

를 건네주었다.

돌려받은 선글라스는 신원을 확인하기 위해 출입구 보안 검색요원의 잠깐 벗어달라는 요청에 탑승권 검색기 위에 잠시 놓았던 것이었으나 어쩐 일인지 급한 마음에 깜빡 잃어버렸던 물품이었다.

"이런 것까지 챙겨주셔서 감사하네요."

"고맙습니다"

긴장한 탓에 입에 침이 마르는 것을 간신히 참았던 김나래 여성 승객은 보안 검색요원으로부터 자신의 선글라스를 건네받자마자 보안 검색의 마지막 단계인 엑스레이 검색대, 문형 금속탐지기 쪽으로 향하나 싶었으나 갑자기 공항 바닥에 쓰러져 몸을 웅크리고 뒹굴기 시작하였다.

"아, 아"

"왜 그러지…."

"머리가 너무 아픈데…."

"정말…. 죽겠네요."

"내 머리 누가 좀 봐주세요"

"도와주세요!"

순간 엑스레이 보안 검색을 받기 위해 길게 줄을 서 있던 승객 중 한 명이 갑자기 쓰러지는 김나래 승객을 보고 놀라서 승객에게 달려가

"괜찮은가요."

"좀 어떠세요" 하고 물어보았고

바닥에 뒹굴던 김나래 여성 승객은 계속 자신의 머리를 가리키며 입에 거품을 물고 머릿속이 너무 아프다고 괴로움을 호소하였다.

이 광경을 승객들과 비슷한 시간 항공기에 탑승하기 위해 검색을 받던 미래항공 2708편 박 기장, 부기장, 홍 사무장, 박미선, 이선자, 강숙희 신입 승무원이 동시에 목격하게 되었고 신입 승무원인 강숙희 승무원 자신도 비행기에 탑승하여 준비해야 하는 바쁜 일정이지만 입사 전 취득한 간호조무 자격증을 떠올리면서 대학병원 실습과 간호학원에서 습득하였던 응급간호 서비스를 제공하고자 황급히 달려가 쓰러진 여성 승객의 머리 부분을 낮게, 다리 부분을 높게 해주며 하지거상*[1] 자세를 만들어 머리에 혈액을 공급해 주고 잠시나마 휴식을 취하게 하였다.

잠시 후, 미래항공 강숙희 여승무원 품에서 조금 휴식을 취한 김나래 여성 승객은 머리를 감싸고 일어나며

"감사합니다."

"제가 뇌암 수술 후 편두통이 갑자기 발생하고 일단 아프기 시작하면 앞이 안보이고 증세가 아주 심하거든요"라며 강숙희 신입 승무원에게 감사의 표시를 하고 자리에서 일어났다.

쓰러진 승객의 건강을 함께 걱정하며 바라보던 주변의 마

음씨 고운 승객들도 이제야 안심을 하였고 지켜보고 있었던 미래항공 2708편 운항, 객실승무원에게 홍선홍 사무장이

"자 이제 이곳은 전담 직원에게 맡기고 비행기 출발 시각이 다가오니 기내로 들어가서 준비합시다!"라는 외침을 듣고 각자 자신의 비행용 가방 등 비행에 필요한 모든 짐을 독일제 스미스 하이만 엑스레이 검색기에 밀어 넣은 후 미래항공 유니폼 재킷을 벗어 엑스레이 검사용 파란색 플라스틱 바구니에 넣으면서 엑스레이와 문형 금속탐지기를 통과하기 시작하였다.

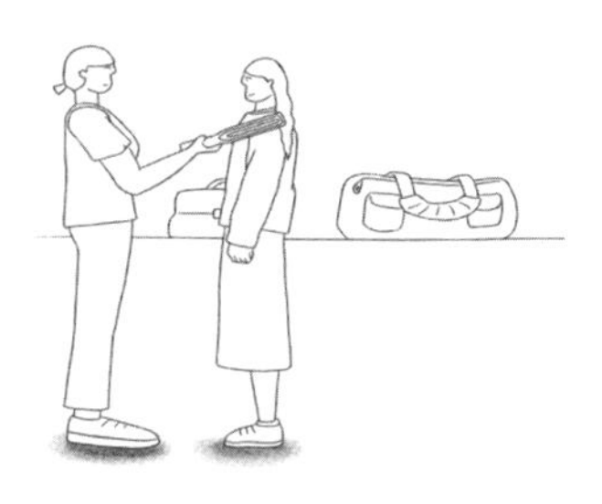

그 광경을 마치 자신의 일행이 아닌 것처럼 무심히 쳐다보던 휠체어에 탑승한 양춘자 승객과 보호자 역할을 하는 김홍도 승객 2명은 좀 전 두통을 호소했던 김나래와 함께 엑스레이 검색을 받기 위해 소지품을 청색 플라스틱 바구니에 넣고 문형 금속탐지기 앞에서 검색하는 남성, 여성 보안 검색요원들로부터 자신들에게 앞으로 건너오라는 통과 수신호를 기다리고 있었다.

보안검색대 앞에서 쓰러지지 않았던 휠체어 승객 양춘자

*1 실신한 승객들은 머리에서 혈액이 빠져나가는 경우가 많이 미리에 혈액을 공급해 주기 위해 취해주는 자세

와 보호자 김홍도 승객은 김나래 승객과 마찬가지로 가지고 있던 핸드백 등 잡다한 물건과 재킷을 벗어 파란색 플라스틱 바구니에 넣은 후, 보호자인 김홍도 승객이 먼저 엑스레이 기기와 문형 금속탐지기를 통과하였고 양춘자 승객은 휠체어에 탄 채로 이미 문형 금속탐지기를 통과한 김홍도가 자신을 기다리는 모습을 보면서 공항보안 검색요원의 검색을 받게 되었다.

양춘자 승객의 신체를 이리저리 휴대용 금속탐지기로 살펴보던 요원은 신체검색 완료 후 휠체어의 등받이 포켓까지 꼼꼼히 검사하였고 이때 머리가 아팠던 관계로 보안 검색 대기용 줄에 잠시 쓰러져 있었던 김나래 여성 승객이 뒤이어 문형 금속탐지기를 통과할 찰나, 어쩐 일인지 김나래 승객은 다시 머리를 감싸며 주저앉는 동시에 문형 금속탐지기 옆에 있던 엑스레이 검색대 본체에 머리를 세게 부딪히고 피를 튀기며 바닥에 쓰러지게 되었다.

문형 금속탐지기를 통과한 승객의 신체검색을 하기 위해 탐지기 뒤에서 휴대용 금속탐지기를 오른손에 들고 대기하던 남녀 보안 검색요원 2명이 황급히 쓰러진 김나래 승객을 보호하기 위해 자신들이 검색하는 도구로 사용하고 있는 문형 금속탐지기를 급히 통과하여 쓰러진 장소에 도착하였다.

보안 검색요원 두 명이 김나래 승객의 어깨와 허리를 잡아 황급히 일으켜서 부축해 보니 목, 가슴, 배까지 머리에서부터 흘러내리는 축축하고 새빨간 색의 혈액이 속옷까지 적실 정도로 흥건하였다.

당황한 보안 검색요원들은 김나래 승객이 응급환자라는 판단하에 좀 더 여유 공간이 있는 장소가 필요하다는 생각이 들었고 머리에서 피를 상당히 흘리고 있는지라 일단 여성 승객을 부축하여 문형 금속탐지기를 통과시켜 엑스레이 검색 후 소지품을 반환받는 장소에 김나래 승객을 눕히고 머리 상태를 살피기 시작하였다.

부딪힌 왼쪽 머리는 뒤쪽에서 앞쪽 부분까지 부분적 절개되어 벌어져 있었으며 혈액이 마치 수돗물처럼 "펑" "펑" 새어 나오고 있었고 보안 검색요원들이 쓰러진 김나래 승객을 부축하고 좀 더 넓은 공간이 있는 앞쪽으로 가기 위해 문형 금속탐지기를 통과하는 동안 문형 금속탐지기에서는 가슴 가운데 부분과 골반 부근에 금속이 있을지도 모른다는 삐~ 하는 날카로운 경고음과 불빛이 반짝였다.

워낙 긴급한 응급상황이었고 사람의 생명을 존중하려는 마음과 인권교육을 학교와 공항에서 충분히 받았던 남녀 보안 검색요원들은 문형 금속탐지기가 발신하는 경고보다는 엑스레이 장비에 부딪혀 쓰러지며 머리 피부가 갈라진 승객의 안위를 더 걱정하고 있어야 하는 위급한 응급상황이었고 김나래의 머리부근에서 새빨간 혈액이 계속 흘러나와 도움을 주고 있던 남녀 보안 검색요원의 제복과 손 그리고 얼굴에 흘러나온 혈액이 묻어 보안 검색요원 두 명 모두 피투성이가 되어버렸다.

"일단 공항 응급실 당직 의사에게 빨리 전화해주시고요"

"네"
"그리고 저기 비치된 구급약 상자를 가져오시기 바랍니다."
"상처에 붕대를 대고 힘껏 눌러보세요."
"여기를요?"
"갈라진 틈 사이로 피가 많이 나오는데 눌러도 될까요?"
여성 보안 검색요원이 말했다.

"네, 일단 눌러서 지혈부터 시켜야 합니다."
잠시 후 보안 검색요원들의 긴급지혈 도움으로 피가 멈춤과 동시에 어슴푸레 정상을 되찾은 김나래 승객에게는 신고를 받은 공항 응급실에서 의사가 달려와 신속히 머리의 절개 부분을 아홉 바늘 꿰맸고 드레싱Dressing*1 조치를 하여 상처는 어느 정도 진정되어가고 있었다.
출국장 보안 검색 장이 김나래 승객으로 인해 아수라장이 되었을 때 휠체어에 앉아서 검색을 기다리고 있던 양춘자 여자 승객이 주위에 있던 보안 검색요원에게 큰 목소리로 거칠게 항의하기 시작했다.

"사람을 이렇게 마냥 기다리게 하면 어떻게 하나요?"
"저는 장애인이고 교통약자라 비행기 탑승구까지 가려면 일반 승객보다 시간이 두 배나 걸린다고요!"
"아시겠어요?"
"내가 보행할 수 없는 승객인 줄 다 알면서 왜 그러세요?"
"강서국제공항 서비스 정말 대책없네요"
양춘자 승객이 큰소리로 자신의 처지와 인권 보호를 이유로 항의하자 휠체어 승객의 검색을 맡았던 보안 검색요원은 휠체어 승객의 보안 검색 부분에서 마지막으로 거쳐야 할 검색단계인 ETD Explosive Trace Detector*[2] 장비를 이용한 휠체어 검색을 깜박하고 양춘자 승객이 타고 있는 휠체어를 황급히 문형 금속탐지기 옆 공간으로 통과시켜 기다리고 있던 김홍도 승객에게 인계해 주었다.

"이런 상태로 비행이 가능할까요?"

김나래 승객을 돌보던 보안 검색요원이 공항 응급실 의사에게 물었고 공항응급실 의사는

"절개된 부분은 완벽히 조치되었으나 비행기 고도가 높아지면 객실 내부 압력이 상승하므로 실밥이 풀려 봉합 부위가 다시 벌어질 수 있습니다."

"그렇게 되면 지금보다 훨씬 더 위험해질 수 있습니다."

"물론 비행기에 의료진이 탑승해 있다면 이야기는 달라질 수 있지만 거기까지는 저도 보장하지 못하겠습니다."

"따라서 저는 휴식을 권하고 싶습니다."

"특별한 업무가 아니시면 자택으로 돌아가시는 게 좋습니다."

*[1] 붕대를 감는 처치

*[2] 검색대상물에 묻어 있는 화학싱분을 흡입하여 화힉적인 이온 분석 방법 등을 이용하여 폭발물 및 폭약 성분의 흔적을 탐지하는 기계

라고 비행기 탑승을 포기할 것을 권유하였다.

이런 말을 듣고 있던 여성 보안 검색요원이 김나래 승객에게 물었다.

“상처가 심한데 오늘 비행은 포기하시고 귀가하셔서 치료를 더 받으시는 게 어떻습니까?”

“그렇게 하시는 게 좋을 듯하네요.”

“의사의 권유를 따르셔야 합니다.”

하지만 김나래 승객은

“저는 오늘 양양공항에서 매우 중요한 약속이 있어서 미래항공 비행편을 꼭 타야 합니다.”

“걱정하지 마세요.”

“너무 감사합니다.”

“전 괜찮습니다.”

김나래 승객은 자신을 헌신적으로 보살펴 준 남녀 보안 검색요원과 공항에 상주하는 응급처치 의사에게 감사의 표시를 한 후, 미래항공 2708편 탑승 예정인 국내선 12번 리모트 전용 게이트로 비틀거리며 걸음을 옮기고 있었다.

3층 출발장 보안검색대에서 한바탕 소동이 끝난 후, 승객을 보살펴 준 남녀 보안 검색요원 2명은 생명이 위급한 김나래 승객의 건강을 보살펴 주었다는 뿌듯함을 느끼며 신속히 승객의 피가 묻은 유니폼과 방호복을 탈의실에서 깨끗한 유니폼과 방호복으로 갈아입었고 강서국제공항 출발 보안 검색장에는 이러한 소동이 언제 있었냐는 듯 계속 밀려들어오는 다른 승객의 문형 금속탐지기, 엑스레이 판독 등 승객의 보안 검색에 몰두하고 있었다.

비행 전 안전 점검 이상 없습니다

강서국제공항 내 보안 검색장에서 이러한 일들이 벌어지고 있는 동안 쓰러졌던 김나래 승객과 우연히 만났던 미래항공 박 기장과 홍 사무장, 박미선, 이선자, 강숙희 승무원들은 승객탑승 전 미래항공 2708편 B737-800 비행기에 도착한 후 각자의 구역에서 객실 안전장비를 꼼꼼하게 점검하기 시작하였다. 당편 기장인 박 기장은 비행 전 점검을 위해 조종실에 가방을 두고 형광 조끼를 착용한 후, 플래시 라이트를 들고 항공기 외부 기체를 시계방향으로 돌면서 기체의 앞부분 피토튜브Pitot Tube*1 및 왼편 날개 플랩Flap*2, 에일러론Aileron*3, 비행기 뒤편의 수직꼬리날개에 장착된 엘리베이터Elevator*4와 러더Rudder*5 그리고 오른쪽 날개 및 랜딩기어Landing Gear*6의 각 부분을 꼼꼼하게 이상 여부를 확인하였다.

그 시간 부기장은 자신의 조종석에 착석하여 관제탑과 교신 장비의 감도 체크, 비행기 연료, 비행 루트 및 TCASTraffic

Collision Avoidance System*7 등 FCU Flight Control Unit*8에 설치되어 있는 각종 계기판 이상 여부를 부기장 전용 좌석인 조종석 오른편에 앉아 점검하고 있었다.

홍선홍 사무장을 비롯한 객실승무원들 역시 계속하여 각자 맡은 객실 구역에 탑재된 산소공급 장비, 비상 탈출 장비, 기내화재진압 장비, 응급의료장비, 기내보안장비, 서비스 아이템 체크, 앞, 뒤 화장실을 재점검하였고 비록 제한된 짧은 시간이었지만 매번 비행 때마다 숙달된 업무인지라 탑승한 4명의 승무원은 순식간에 모든 장비 점검을 마치고 홍 사무장에게 기내 이상 없음을 알려주었다.

"사무장님 기내 안전점검, 서비스 아이템 점검 모두 이상

*1 비행기의 속도를 측정해주는 L자 모양의 튜브, 만일 막히게 되면 비행기 속도를 조종실에서 측정할 수 없어 상당한 위험에 직면한다

*2 주익 후면에 붙어 있는 고양력 장치, 날개 쪽에 착석한 승객은 플랩이 이착륙 전 들어가고 나오는 모습을 볼 수 있다

*3 비행기를 좌·우로 선회하게 할 수 있는 장치, 날개의 제일 끝부분에 장착되어있다.

*4 비행기를 상승, 하강시킬 때 사용하는 장치이고 조종간을 당기면 엘리베이터가 올라가고 조종간을 내리면 내려간다

*5 수직꼬리날개에 붙어 있어 비행기를 좌·우로 선회시킬 수 있는 장치, 조종사가 발로 조작한다.

*6 착륙용 바퀴

*7 공중충돌 방지장치, 항공기의 공중충돌을 방지하기 위해서 지상 항공관제 시스템과는 독립적으로 항공기 주위를 트랜스폰더를 통해 감시하여 조종사에게 충돌 전 알려주는 장치

*8 비행기 고도 및 방향을 조작할 수 있는 패널

없습니다."

"네. 수고하셨습니다."

모든 객실 준비가 완료된 후,

홍 사무장은 직접 조종실에 들어가서 기체 외부 점검을 마치고 조종실 왼쪽에 앉아있던 박 기장에게

"홍 사무장입니다."

"객실 내 안전 보안 점검 및 서비스 준비가 완료되었고 탑승 준비됐습니다."말하며 기장의 승객탑승 시작에 관한 동의를 구하였다.

"사무장님, 롸져Roger: .*1"

"부기장 점검상태는 어때요?"

기장이 부기장에게 물었다.

"계기 점검, 연료 상태, 공항상태, 기상상태 전부 이상 없습니다."

부기장이 대답했다.

"사무장님, 승객탑승 시작하시죠"

기장은 사무장에게 승객탑승을 허가한 후 사무장이 조종실에서 나가자 절차대로 조종실 문을 단단히 잠갔다.

홍 사무장이 객실 점검 완료를 기장에게 통보하여 탑승 허락을 받아 조종실에서 나오자 객실 앞쪽에서 "언제 탑승을 시작할까?" 초조한 마음으로 무전기를 가지고 비행기에

들어와 있던 지상 직원에게 객실 탑승 준비가 완료되었음을 통보하였다.

"저희 모든 점검이 완료되었습니다."
"객실 준비 완료"
"지금부터 탑승 시작하셔도 됩니다."
홍 사무장이 지상 직원에게 말했다.

"예, 알겠습니다."
"그럼 지금부터 휠체어 승객부터 탑승 시작하겠습니다."
승객의 탑승 지원을 맡은 지상 직원이 홍 사무장의 말이 끝나자마자 기다렸다는 듯 신속히 대답하였다.

*[1] 알겠다는 뜻

비운의 미래항공 2708편 탑승 시작

이즈음 양양행 미래항공 2708편 게이트 앞에서는 120명의 양양행 비행기 탑승객들이 게이트 담당 직원의 탑승 시작 안내방송을 기다리고 있었다.

여기서도 이들 김홍도 일행 3명의 표정과 대화를 나누는 모습은 발권카운터에서의 모습과 같이 너무도 어색하였다.

양춘자 승객은 휠체어를 타고 있었지만 서로 이를 악물은 상태에서 속삭이듯이 이야기를 나누는 모습이 뭔가를 치아나 입안에 숨기고 보여주지 않으려 하는 듯한 모습이었고 이마에는 비교적 시원한 9월임에도 불구하고 머리에서부터 흘러내린 땀이 굳어 하얀색 눈꽃처럼 서로의 눈썹까지 적셔 일반적인 탑승객들의 모습과 비교할 때 이상할 정도였으며 일행 모두 비장한 각오를 한 듯 일반 여행객들의 표정에서 흔히 읽을 수 있는 여행에 앞서서 들뜨거나 활기찬 모습은 전혀 볼 수 없었다.

이윽고 양양행 미래항공 12번 게이트에서 안내방송이 흘러나왔다.

"손님 여러분 기다려주셔서 감사합니다."

"지금부터 양양공항행 미래항공 2708편 탑승을 시작하겠습니다."

"몸이 불편하시거나 뒤쪽 번호이신 분들은 먼저 앞쪽으로 나오셔서 저의 미래항공 지상 직원의 안내를 받아주시기 바랍니다."

"그다음 앞쪽 좌석을 배정받으신 분 순서로 탑승을 시작하겠습니다."

미리 대기하고 있던 휠체어 승객 양춘자, 보호자 김홍도 승객과 그리고 뒤쪽 배정 승객들부터 입장하기 시작하였고 항공기 앞, 뒤편 복도 측 자리로 각각 배정받은 일행은 게이트 입구에서 미래항공 직원에게 탑승권을 보여주며 게이트 앞에 비치된 탑승권 기계에 바코드 인식을 마치고 바로 항공기에 탑승하는 것이 아닌 계단을 통해 내려와야 하는 관계로 할 수 없이 엘리베이터를 이용해 1층으로 내려간 후 기다리고 있던 미래항공 2708편 전용 램프 버스에 탑승하였다.

미래항공 전용 램프 버스에는 아직 장애인용 리프트 시설이 갖추어지지 않아 휠체어를 통째로 들어 램프 버스에 탑승해야 했고 지금까지 서로 별다른 대화를 나누지 않았던 일행은 버스에 타자마자

"미래항공 비행기는 버스 타고 가나 보다."

“난 게이트에서 시작하길래 탑승구가 연결된 줄 알았어.”
“21세기에 휠체어를 들어서 옮기다니 정말 구식 아냐?”
“요즘 항공사가 다 그렇지 뭐.”
“휠체어 승객에게는 최악이네요.”
“불편하긴 하네.”

서로 약간 치아를 악 물은 어색한 상태에서 하는 것 같은 짧은 대화는 램프 버스가 움직이기 시작하자 김홍도 승객이 휠체어 고정용 브레이크를 채웠고 일행 모두 버스에 설치된 손잡이를 잡은 손에 힘을 주며 다시 묵언의 상태로 돌입하였다.

국내선 청사에서 활주로 근처의 주기장, 유도로를 시속 30km 이하로 천천히 달린 램프 버스는 미래항공 B737-800 비행기 앞에 정차하였고 버스의 앞, 뒷문이 동시에 열리면서 램프 버스에 탑승해 있던 승객들이 하차하여 항공기 제일 왼쪽 앞문L1 Door.에 설치된 스텝 카Step Car*1를 이용하여 비행기에 탑승하기 시작하였다.

하지만 램프 버스에 내려 탑승할 보잉 737-800 비행기를 한번 둘러보는 김홍도 일행의 눈에서 갑자기 알 수 없는 하얀색 살기가 뿜어나기 시작했으며 비행기에 탑승하기 전 이곳저곳 핸드폰을 사용하여 기념촬영을 하는 탑승객들 속에서 아무런 이야기 없이 비행기 동체와 꼬리날개 부분을 유심히 보는 3명의 일행을 의심스러운 눈초리로 보는 승객과 승무원 그리고 지상 보안요원은 아무도 없었다.

이때 지상에서 장애인 탑승을 도와주고 있는 미래항공 남자 직원이 양춘자 승객에게 다가왔다.

지상 직원은 휠체어 승객 보호자인 김홍도 승객에게

"저,,, 죄송하지만 휠체어는 스텝 카 계단을 이용하실 수 없어 저희가 특수 제작된 리프트 차량Lift Car[*2]을 이용하여 비행기 오른쪽 도어를 이용하여 모시고자 합니다."

"이쪽으로 오시죠."

그 순간 이러한 지상 직원의 안내 말을 옆에서 들었던 강나래 승객이 머리에 감은 피 묻은 붕대를 손짓하며 한마디 거들었다.

"저도 일행이고 아까 보안검색대에서 넘어져 머리 피부가 심하게 갈라졌어요."

"저도 같이 가면 안 될까요?"

"부탁드립니다"

어차피 특수제작한 차량으로 비행기에 탑승할 거면 자신도 같이 가고 싶었다.

이러한 요구를 듣던 미래항공 직원이 선뜻 허락하였다.

"그럼 손님도 일행이시니 같이 가시죠…."

[*1] 승객을 비행기에 탑승시키기 위해 사다리를 등에 업은 모양의 차량

[*2] 비행기는 지면보다 높아 일반 차량을 이용하여 물건을 싣고 내리지는 못해 화물칸을 사다리처럼 올라가고 내려갈 수 있게끔 제작한 차량으로 주로 비행기에 기내식을 싣거나 하역할 때 주로 사용한다

지상 직원을 따라서 비행기 오른쪽으로 돌아가 보니 특수차량이 한 대 기다리고 있었고 일행은 특수차량에 탑승한 후 차량의 엘리베이터 완강 장치를 이용하여 미래항공 2708편 오른쪽 첫 번째 도어로 기내에 탑승하였다.

일행들이 비행기 오른쪽 첫 번째 문에 다다르자 손님의 탑승을 맞이하기 위해 비행기 왼쪽 문에서 승객의 탑승을 기다리고 있던 강숙희 승무원이 브리핑 때 사무장으로부터 휠체어 승객의 탑승 안내를 부여받은지라 재빨리 오른쪽 문으로 다가와 환대를 하며 말문을 열었다.

"안녕하십니까? 탑승을 환영합니다."

"어서 오십시오, 세 분 모두 일행이시죠?"

'모두 탑승권을 보여주시겠습니까?"

김홍도 승객이 세 명의 탑승권을 강숙희 승무원에게 보여주자

"김홍도 손님 좌석은 24C입니다."

"이쪽으로 들어가 주시기 바랍니다."

"김나래 손님 좌석은 35D이시군요."

"저쪽으로 들어가 주시기 바랍니다."

"양춘자 손님 좌석은 37C입니다."

"저희가 기내 이동용 휠체어를 준비해 놓았으니 이쪽으로 옮겨 타주시기 바랍니다"라며 비행기 탑승 전 브리핑 때 교

육받은 대로 기내에 준비된 온 보드 휠체어On Board Wheelchair[*1]를 조립하여 옮겨 타는 것을 도와주었다.

이렇게 부산하게 움직이고 있었던 순간, 휠체어 보호자 역할을 하고 있던 김홍도 승객이 그동안 타고 왔던 휠체어의 손잡이를 재빨리 빼고 그 안에 있던 하얀색 비닐 주머니 두 개와 전선을 뽑아 양춘자 승객에게 전해주었고 양춘자 승객은 조그만 비닐 주머니 두 개를 받아 자신의 엉덩이 아래로 강숙희 승무원 모르게 깊숙이 밀어 넣었다.

"이쪽으로 들어가시면 됩니다."

당일 비행에서 최연소 신입 강숙희 승무원이 탑승권의 편명, 날짜를 꼼꼼히 점검하며 승객들을 항공사 신입 교육 시 배운 대로 일행 세 명을 반갑게 맞이하였고 김홍도 승객 대신 양춘자 승객의 휠체어를 밀어주며 37C 좌석까지 친절히 안내하였다.

일반 승객들은 탑승권을 보여주고 기내 쪽으로 입장해도 된다는 객실승무원의 말을 듣고 안쪽으로 들어가곤 하는데 일행이 휠체어를 타고 37C 좌석으로 이동 중임에도 불구하고 조종실 방향과 비행기 앞쪽 화장실[*2] 객실 사무장 스테

[*1] 공항 지상에서 사용하는 휠체어는 비행기 복도를 통과하지 못하므로 특수하게 제작되어 비행기 복도를 통과하게끔 만든 장애인용 조립식 휠체어

[*2] 미래항공이 운영하는 B737-800 비행기에는 조종실 후방에 1개, 객실 후방에 2개의 화장실이 설치되어 있다

이션을 길거리에서 잃어버린 물건을 찾는 듯이 유심히 관찰하던 김홍도 승객이 항공기 객실로 들어가지 않고 머뭇거리자 뒤에서 기다리던 승객들이 기내로 진입하지 못하고 계속 서서 대기해야 하는 상황이 발생하였다.

이에 강숙희를 도와주기 위해 비행기 탑승구에 함께 서 있던 홍 사무장이 김홍도 남자 승객에게

"손님 이제 안쪽으로 들어가셔도 됩니다."

말을 했을 때 비로소 자신이 일반 승객과 다른 의심스러운 행동을 하고 있다고 알아채고 황급히

"네."

외마디 대답을 하곤 황급히 자신이 예약한 자리인 24C 좌석으로 이동을 시작하였다.

미래항공 2708편 B737-800 항공기는 객실 전체가 일반석으로 운영되고 있었으며 일반석 제일 앞쪽 좌석번호는 10번부터 시작되고 있었다.

국내 FSC, LCC 항공사와 마찬가지로 가운데 통로를 중심으로 하여 왼쪽 3좌석, 오른쪽 3좌석으로 구성이 되어 있는 협동체Narrow Body*1 비행기인 관계로 C, D 열 승객은 탑승 또는 화장실 이용 시 진입이 편리한 복도 측에 착석해야 함을 의미하였다.

자신의 좌석인 24C에 착석한 김홍도 승객은 복도측 좌석인 35D 좌석에 머리에 붕대를 칭칭 감은 김나래, 37C 복도

측 좌석에 휠체어를 탄 양춘자 승객이 가지고 있던 환자복을 상의 위에 걸치고 연이어 착석하는 일행들의 모습을 물끄러미 바라본 후, 눈을 감고 잠시 휴식하는 듯 보였다.

*[1] 기내에 복도가 1개인 비행기, 2개인 비행기는 광동체, Wide Body라고 한다.

아직도 나에게 관심 있을까?
비행기 PUSH BACK

"왜 이리 램프 버스가 늦지?"

"이러다 우리 비행기 지연되는 건 아닐까?"

탑승구에 함께 서서 마지막 램프버스를 기다리던 홍 사무장이 오른쪽에 서 있던 강숙희 신입 승무원에게 말을 걸었다.

"그렇죠."

"이런 상태라면 좀 지연될 것 같아요."

"비행기가 지연되면 우리 만나는 시간도 늦어져서 곤란한데"

"흠"

"오늘만큼은 늦어지면 안 되는데."

"아까 박미선 승무원이 그러던데 우리 비행 후 마곡 카페에서 만나기로 했죠?"

"네 아마도 그럴 겁니다. 저도 선배님께서 일방적으로 한

번 만나보자 하셔서….”

강숙희 신입 승무원과 홍 사무장이 눈빛을 교환하면서 말했고 동시에 서로 다른 방향을 바라보고 있던 고개를 돌려 둘의 시선이 불꽃 튀며 교차하자 동시에 예전의 추억이 생각나 어쩔 줄 몰라 당황하는 모습은 누구라도 즉시 눈치챌 수 있었다.

미래항공 2708편 B737-800 비행기 앞쪽 문은 제일 앞쪽 승객들과 분리대에 의해 가로막혀 있고 아랫부분은 플라스틱, 윗부분은 간 유리로 되어 있어 승객은 서 있는 승무원의 가슴 윗부분만 볼 수 있었다.

이러한 기내 구조를 잘 아는 홍 사무장의 오른손이 강숙희 승무원 왼손을 슬며시 본인 쪽으로 잡아끌었다.

따뜻하고 부드러운 촉감이 이내 강숙희에게 전달되었고 이러한 느낌은 5년 전 홍 사무장과 함께했던 시절을 기억해 내기에 충분한 체온이었다.

강숙희 승무원은 마음속으로 생각했다.

“이 남자 아직도 날 사랑할까?”

“이러다가 또 저번처럼 연락도 없이 홀연히 사라져버리는 것은 아닐까?”

“한마디 말도 없이 나를 떠난 사람.”

강숙희 승무원은 홍 사무장에게 손을 잡힌 채 9월 가을 초입에 들어 살짝 황금색 도는 강서국제공항 활주로 잔디를 보며 지난날 행복과 추억을 되새김질하고 있을 때 홍 사무장이 말문을 열었다.

"저…. 숙희 씨."
"나 사실 오늘 비행 같이하는 것 미리 알았어요."
"그리고 이건 비밀인데 며칠 전 시내 나간 김에 재회 선물 한 개 샀어요."

"네?"
"웬 선물을 사셨어요?"
"저에게 주시려고요?"
"저 그런 선물 필요 없어요"
강숙희가 놀라며 홍선홍 사무장을 물끄러미 쳐다보았다.

"가을도 돌아오고 해서 너무 잘 어울릴 것 같아서 예쁜 오색 실크 스카프 한 장 샀어요…."
"이따 비행 끝나고 마곡 카페에서 만나면 줄게요."
"아녜요. 안 그러셔도 돼요."
"부담될 것 같아요."
"이젠 저도 다 잊었거든요."
강숙희가 놀란 표정을 지으며 애써 무덤덤한 말투로 대답했다.

"아네요…. 내가 예전에 이탈리안 식당 아르바이트할 때부터 생각했었던 선물인데 너무 늦게 주는 것 같아 오히려 내가 미안해요."
"오색 실크라 색도 예쁘고 잘 어울릴 것 같은데."
이때 강숙희 승무원은 홍 사무장에게 잡힌 손을 슬그머

니 빼며 햇볕을 듬뿍 받은 청명한 가을 사과처럼 당황함에 얼굴이 약간 발그스레 상기된 채 활주로를 초승달처럼 가냘프게 생긴 손으로 가리키며 말했다.

"아…. 저기 오네요."
"어디요?"
홍 사무장이 호감을 고백하려다가 들킨 사람처럼 슬며시 잡고 있던 강숙희 승무원의 손을 놓고 당황한 상황을 모면하고자 눈길을 돌려 멀리서 비행기로 접근하고 있는 2대의 미래항공 램프 버스를 보았다.
이어서 마지막 램프 버스 2대가 연거푸 비행기 아래 도착하여 모든 승객이 탑승하자 홍 사무장은 인터폰을 들어 박 기장에게 연락하였다.

"기장님 홍 사무장입니다."
"120명 모든 승객탑승 완료되었습니다."
조종실에 알려주자 기장은

"롸져."
"항공기 도어 클로즈Door Close.."
기장은 홍 사무장에게 열렸던 항공기 도어를 닫아달라고 요청한 후, 머리에 쓰고 있던 헤드폰 마이크를 통해 관제탑에 말했다.

"Good morning, 관제탑 안녕하십니까?"

"미래항공 2708 푸시백Push-Back[*1] 준비 완료입니다"

"미래항공 2708투, 세븐, 지로, 에잇, 풍향 260투, 식스, 지로, 풍속 12원,투노트 이륙을 허가합니다."

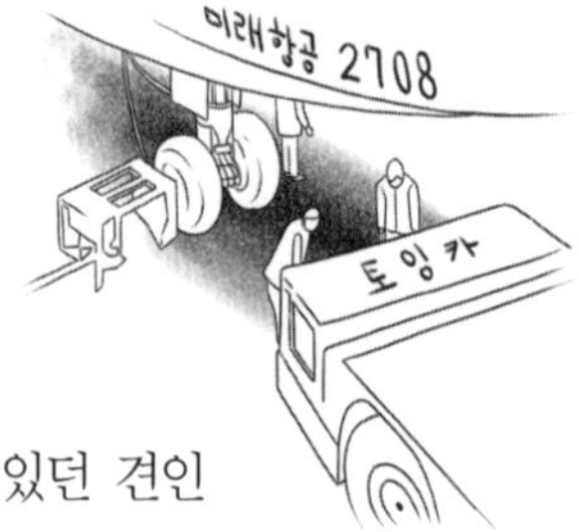

강서국제공항 관제탑의 출발 허가를 득한 박 기장은 부기장에게 "Before Start 체크리스트"를 읽게 하고 모든 점검을 끝낸 후 지상에서 대기하고 있던 견인차Towing Car[*2] 조업사에 연락하여 항공기를 푸시백Push-Back할 것을 요청함과 동시에 항공기에 채워져 있던 브레이크를 릴리스풀다, Release.[*3]했고 자신의 왼편 상단 계기판에 있는 비행시간 타이머를 작동시켰다.

지상에서는 기장의 푸시백 요청에 따라 비행기가 뒤로 밀리는 것을 방지하기 위해 비행기 앞뒤 바퀴에 단단히 고정해 놓은 노란색 나무막대초크, Chock[*4]를 제거하고 비행기를 뒤로 밀어낼 견인차 시동을 힘차게 걸어 비행기를 뒤로 밀어내기 시작하였고 박 기장은 뒤로 밀리는 과정에 조종실에서 비행기 엔진을 왼편부터 차례대로 점화Start[*5]하였다.

한편 미래항공 2708편 객실에서는 뒤 갤리의 이미 박미선 승무원이 탑승환영 방송을 끝냈으나 탑승하고 있는 비행기가 다른 신형 비행기처럼 오디오, 비디오 장치가 설치되어 있지 않은 협동체 비행기 인지라 박미선, 이선자, 강숙희 객실승무원이 직접 비상시 승객의 안전한 탈출과 기내안전을 위한 시범Safety Demonstration:[*6]을 복도에 일렬로 서서 아름답고 절도있는 자세로 시연하고 있었다.

안전데모가 거의 끝날 무렵 조종실에서는 지상에서 항공기가 이륙을 위해 활주로 쪽으로 진행할 방향으로 출발할 모든 준비가 완료되어 지상 조업원이 항공기 앞바퀴 근처에 삽입해서 머리에 걸친 후 조종실과 통화하고 있던 유선 헤드폰 잭Head Phone Jack.을 탈착하고 비행기 좌측에 모여 박 기장에게 수신호로 빨간색 "Remove Before Flight" Tag[*7]을 보여주며 비행기가 유도로 택싱Taxing[*8]을 위한 모든 작업이 순조롭게 완료되었음을 알려주었다.

이에 기장도 부기장과 함께 "Before Taxi 리스트" 체크를 완료한 뒤 왼손을 지상 직원에게 흔들며 알았다는 신호를

*1 출발하기 위해 큰 차량을 이용하여 비행기를 뒤로 밀어내는 행위
*2 비행기를 뒤로 밀어내는 차량
*3 풀다, 놓다라는 뜻
*4 비행기나 자동차의 바퀴를 움직이지않게 고정할 때 사용하는 버팀목
*5 비행기 엔진을 켜기 위해 시동 거는 행위
*6 객실승무원들이 비행기 출발 전 복도에 일렬로 서서 몸을 움직이며 승객에게 기내안전 및 탈출에 대해 알려주는 행위. 데모(Demo)라고 한다.
*7 비행기가 지상에 주기 시 장치를 고정하는 빨간색 천으로 이륙이나 출발 전 중요한 부품에 꽂혀있다. 따라서 지상조업 직원은 출발 전 이를 제거하고 조종사에게 흔들어서 보여주어야 한다.
*8 비행기가 이륙하기 위한 활주로에 가기 위한 공항 내 지정된 도로를 주행하는 것

하였고 지상 조업원과 정비사는 일렬로 정리하여 손을 흔들며 “센딩 세레모니”Sending Ceremony*1를 탑승한 승객들에게 보여주기 시작하였다.

자발적 하기, 램프리턴

관제탑으로부터 활주로까지 가는 유도로 택싱 허가를 받은 후 부기장과 함께 택싱 전 체크리스트를 확인한 박 기장은 왼손으로 스티어링휠을 잡고, 오른손으로 기장, 부기장석 중간 센터 페데스탈Center Pedestal[*2]에 있는 스로틀을 살짝 앞으로 밀어 비행기가 앞으로 나갈 수 있도록 조작하였으며 미래항공 B737-800 비행기의 건강한 쌍발엔진은 마치 이 순간을 기다렸다는 듯

"윙, 우 윙"

[*1] 비행기가 출발하기 시작할 때 비행기 왼편에 서 있는 지상 조업원이 탑승객에게 손을 흔들어 주는 행위. 민간항공사에서 많이 시행하고 있다

[*2] 조종실 기장과 부기장 사이에 설치된 중앙조종판으로 스로틀, 플랩, 무선통신 등 여러 가지 계기가 설치된 직사각형 형태의 구조물로 기장과 부기장석을 구분 짓는다

"웡, 우 웡"

숲속에서 짝을 찾아 헤매는 수컷 늑대 울음소리를 내며 묵직하게 앞으로 나아가기 시작하였다.

기장이 조종석 패널 왼쪽에 있는 빨간색 Fire Lamp비행기 화재 시 적색등이 들어옴에 지상 유도로의 노란색 중앙선을 맞추고 활주로를 향해 나아갈 때 객실에서는 탑승환영 방송Welcome Announcement, 안전데모Safety Demonstration를 전부 마친 승무원들에 의해 이륙 전 점검이 완료되었고 마지막으로 객실 사무장이 앞에서 뒤로 가면서 오버헤드 빈Overhead Bin[*1] 점검을 하고 있었으며 비행기 뒤편에 가서는 점프 시트에 착석하고 있는 박미선, 이선자 승무원을 만나 인사를 나눈 뒤 객실브리핑 때 강조한 것처럼 비상시 승객 탈출용 미끄럼틀 준비사항이 완벽하게 되어있나 점검하기 시작하였다.

"우리 B737-800 비행기는 뒤쪽 도어가 잘 안 닫혀 있으면 이륙 시 조종실에 도어 열림 경보등이 들어오니 다시 한번 점검해 주세요."

"만일 그러한 상황이 생기면 RTOReject Take Off[*2]를 해야 하니 비행편 운항에 상당한 문제가 발생합니다. 다시 한번 잠김 상태 확인 부탁드립니다"

"그럼 수고하세요"

홍 사무장은 기내 뒤편 이륙 전 점검을 마치고 박미선, 이선자 승무원에게 인사 건넨 후 비행기 중앙 통로를 이용하여 비행기 전방 사무장 스테이션으로 돌아가고 있었다.

홍선홍 사무장이 비행기 뒤에서 앞으로 진행하며 출발장 보안검색대에서 쓰러져 머리를 붕대로 칭칭 동여맨 여성 승객 김나래의 35D 좌석을 지나가려던 찰나,

김나래 승객은 다시 머리가 아프다며 큰 소리로 신음하며 옆으로 고개를 쓰러뜨려 지나가는 홍 사무장의 허리 부분에 자신의 머리를 다시 한번 부딪친 후 심각한 통증을 호소하기 시작했다.

일행 중 한 명이 사전 시나리오에 없던 돌발행동을 함에 따라 일행인 24C 김홍도 남자 승객과 37C 양춘자 여자 승객이 갑자기 통증을 호소하는 김나래를 보며 당혹감에 어리둥절하고 있을 때 홍 사무장이 김나래 승객에게 다가가

"어디 아프십니까?"

"아까 출발장 보안 검색장에서 쓰러지셨던 손님 맞으시죠?"

"다시 아프신가요?"

"괜찮으신가요?" 물어보았다.

"저…. 사실은 며칠 전 서울대 병원에서 뇌암 수술을 했는데 비행기 안에 들어와 비행기 시동을 켜니 갑자기 뇌압이 상승하는지 너무 아파요."

*1 머리 위 승객 짐을 보관하는 곳

*2 이륙 중단

"정말 죽을 것 같아요."
"저…. 죄송하지만, 다시 내리면 안 될까요?"
"다시 돌아가기 힘들다는 것을 알지만 사람 한번 살려 주세요"
"부탁드립니다"
"사무장님, 저 좀 살려주세요, 제발요,"
김나래 여자 승객은 머리 통증이 구토를 유발하여 홍 사무장의 아랫배 부근에 시큼한 구토물을 쏟아 내었고 그의 건강한 근육질 다리를 붙잡으며 하소연하였다.

"참…. 난감하네."
"자발적 하기와 비자발적 하기…."
홍 사무장은 순간적으로 고민에 휩싸이게 되었다.

이러한 소란한 기내 광경을 앞에서 고개 돌려 말없이 지켜보던 김홍도 승객이 갑자기 좌석벨트를 풀고 35D 김나래 승객에게 다가와 아픔을 호소하는 김나래 승객을 위로해 주기보다는 입에서 뭔가를 신속히 제거하는 모습과 치마 밑에서 재빠르게 물체를 빼는 광경을 주위 승객과 뒤쪽 박미선, 이선자 승무원이 동시에 목격하였으나 기내 의료인 승객이 아픈 승객을 응급처치하는 줄 알고 승객과 승무원 모두 무심히 넘겨버렸다.

김나래 승객의 심각한 통증 호소에 홍선홍 사무장은 운항브리핑 시 기장이 강조한 스터릴 칵핏Sterile Cockpit*1 조항을 되새기며 비행기 앞쪽 본인의 L1 스테이션에서 조종실에 인터폰으로 긴급 연락하였다.

"기장님, 사무장입니다."

"네, 기장입니다. 급한 일이 생기신 모양이죠? 말씀하세요."

"다름이 아니라 24C에 앉아있는 김나래 여자 승객이 며칠 전 서울대 병원에서 뇌암 수술을 했는데 갑자기 심각한 머리 통증을 호소하여 연락드렸습니다."

"아까 보안 검색장에서 쓰러졌던 여자 승객입니다"

"아..그 분 알아요"

"여자 승객은 현재 램프리턴을 강력히 원하고 있는 상태입니다."

"잠시만요"

사실 해당 비행기의 박기장도 난감한 것은 마찬가지였다.

승객의 통증을 무시하고 이륙하자니, 나중에 매스컴과 온라인에서

"승객들의 인권을 무시하고 머리의 긴급한 통증을 호소했음에도 불구하고 항공사의 이익을 위해 이륙했다"라는 네티즌의 악성 댓글과 항공사에 대한 부정적인 평가가 두려웠고

*1 고도 1만 피트 이하에서 조종실이 매우 바쁘니 안전에 관한 사항이 아니면 연락을 하지 못하게 하는 규정

다시 출발했던 주기장으로 돌아가자니,

“적어도 40분 정도는 지연이 눈에 보이듯 뻔하고 동시에 항공기에 탑승하고 있는 승객의 지연에 대한 보상, 항의와 강서국제공항에 도착한 이후 동일 비행기를 타고 이동하게 될 승객이 적어도 1시간 이상 지연될 생각”을 하지 않을 수 없었다.

“홍 사무장 생각은 어때요?”

박 기장은 자신이 승객의 상태를 직접 보지 않았기 때문에 판단하기가 어려워 승객을 직접 대면한 객실 사무장의 의견을 물어보았다.

이에 홍 사무장은

“기장님, 웬만하시면 출발했던 주기장으로 가서 승객을 내려드리고 다시 출발하는 게 좋을 듯싶습니다.”

“다른 부위도 아니고 뇌 수술 후 머리가 그렇게 아프다고 호소하니 이륙 후 여압이 제대로 작동되면 후유증이 염려됩니다.”

“그렇게 되면 비행 중 다른 공항으로 회항을 해야 하고 착륙 후 여러 조치 사항을 생각해보면 지금 램프리턴 하는 것보다 비행 중 회항이 다른 승객들에 대한 시간과 기회비용이 훨씬 더 많이 소요될 듯하네요”

“인권도 중요하고요.”

“오케이.”

“그럼 그렇게 합시다….”

박 기장은 홍 사무장의 설명에 대답하고 관제탑에 다시

연락을 취하였다.

"강서국제공항 ATC관제탑, 미래항공 2708편 기장입니다."

"네. 미래항공 2708편 말씀하세요."

"현재 택싱 중 심각한 뇌수술 후유증 환자가 발생하여 출발했던 주기장으로 돌아가 승객을 하기한 다음, 다시 출발해야 할 것 같습니다."

"램프리턴을 허가해 주시기 바랍니다"

박 기장이 관제탑의 램프리턴 허가를 요청하였고 잠시 후

"미래항공 2708편, 롸져…. 램프리턴 허가합니다…."

"파파세븐P7 유도로를 통해 출발했던 주기장으로 다시 들어가시기 바랍니다."

"미래항공 2708편 출발 순서는 다시 알려드리겠습니다."

관제탑의 램프리턴 허락을 득한 기장과 부기장은 점검하던 이륙 체크리스트를 포기하고 박 기장이 자신의 왼편에 있는 비행기 앞바퀴 스티어링휠Steering Wheel*1을 파파세븐P7 유도로에서 왼쪽으로 돌려 원래 출발했던 주기장Parking Area*2으로 돌아가고 있었다.

*1 자동차의 운전대와 같이 앞바퀴를 돌려 비행기를 지상에서 왼편, 오른편으로 조종하며 크기는 자동차의 1/3 정도이다.

*2 비행기를 세워두고 승객탑승, 기내식 탑재, 연료주입, 정비를 할 수 있는 장소로서 에이프론(Apron)이라고도 한다.

힘찬 이륙, 시련의 시작

한편 객실에서는 머리에 고통을 호소하던 25C 김나래 승객을 안정시키기 위해 비행기 후방에 있던 박미선, 이선자 두 명의 승무원이 다가와 승객을 돌보고 있었으며 어느덧 미래항공 2708편 비행기는 유도로를 따라 출발했던 주기장으로 다시 돌아와 대기하고 있던 스텝 카를 연결하였고 안에서만 비행기 출입문을 열게 되어있는 B737-800기종의 비행기 도어를 홍 사무장이 개방하고 있었다.

홍 사무장과 객실승무원들은 비행기 도어 개방 후 기내에 들어온 공항 응급구조대에게 환자 김나래 승객을 인도한 후, 안전하게 하기 하였고 보안절차에 따라 승객이 앉았던 좌석 열 번, 후방 3열과 오버헤드 빈에 대해 정밀검색을 마치고 바로 출발하려고 하였으나 B737-800 비행기는 협동체Narrow Body*1 비행기이기 때문에 중대형기 화물칸에 탑재할 수 있는 ULDUnit Load Device*2를 이용할 수 있는 비행기가 아닌 컨베이어 벨트를 이용해 개별로 짐을 탑재하는 관계로 비행기 앞뒤 짐칸에 실린 승객의 짐을 지상 조업원들이 일일이 꺼내고 미래항공 지상 직원들이 발행했던 체크인 바코드와 수작업으로 확인하느라 승객에게 약속했던 출발 예정 시간을 넘겨 하염없이 지연되고 있었다.

이에 홍 사무장은 앞쪽의 인터폰을 통해 계속 기다리고 있는 기내 승객에게 출발 지연 안내방송을 하였으며 비행기가 유도로를 회항해 원래의 주기장에 도착한 후 약 54분이 지나 다시 비행기 객실 및 화물칸 도어를 닫고 출발할 수 있었다.

이러한 절차를 주시하던 24C 김홍도 남자 승객과 휠체어 이용한 37C 양춘자 여자 승객은 이유는 모르겠지만 일행 중 한 명의 갑작스러운 하기로 인해 자신들이 정한 일정이 어긋난지라 매우 불안한 듯한 표정을 지었고 일행인 양춘자 승객과 함께 사태를 의논하고자 갈망하고 있었으나 주위 모든 승객이 예민하게 객실 내부 상황을 지켜보고 있어서 할 수 없이 조용히 기다릴 수밖에 없었고 뭔가 굳게 정해진 시나리오가 한참 어긋난 듯한 묘한 인상을 주변 승객에게 흘리고 있었다.

*[1] 비행기의 폭이 좁아 객실 내 복도가 1개밖에 없는 기종

*[2] 승객의 짐이나 유상화물을 비행기 화물칸에 안전하게 탑재할 수 있도록 제작한 알루미늄 사각형 형태의 상자

램프리턴 하여 김나래 승객을 내려준 후 다시 비행기를 출발시킨 조종사들도 비행기가 승객과 수화물을 하기했던 지연상황에 대해 불안해하였으나 한 명의 승객을 살렸다는 안도감으로 스스로 자위하며 곧 이륙할 활주로에 비행기를 접근시키기 위해 지정된 택싱 속도인 시속 20km/h를 넘어 30~40km/h 속도를 넘나들며 B737-800 비행기를 지상에서 이륙할 장소인 강서국제공항 32L 활주로를 향해 조종하고 있었다.

이윽고 이륙 대기 장소인 32L*1 활주로 근처 노란색 홀드 라인Hold Line*2에 다다른 박 기장은 강서국제공항 관제탑에 이륙 허가 요청을 하였고 이어 이륙 직전 객실 사무장이 인터폰으로 조종실에 보내는 "Cabin Ready to Take off"*3. 연락을 받은 후 조종실에서 객실에 보내는 Hi-Low Chime 신호 3번을 울렸다.

"딩" "딩" "딩"

승객의 머리 위에 보이는 Fasten Seatbelt Sign이 3회 점멸하였고 이어 강서국제공항 관제탑에서

"미래항공 2708편, 풍향 260도, 풍속 12노트, 이륙을 허가합니다."

"클리어 투 테이크 오프Clear to Take Off" 무선 연락이 도착하였다.

박 기장은 조종석 중앙, 센터 페데스탈Center Pedestal*4에 있

는 하얀색 트러스트 레버Trust Lever[*5]를 앞으로 밀며 부기장에게 이륙 시 엔진 최대출력을 의미하는

"토가To/Ga Take Off[*6]" 이라고 말하였고

두 개의 엔진에 많은 연료를 보급한 B737-800 비행기는 큰 엔진 굉음을 토해내며 강서국제공항 32L 활주로를 거친 야생마처럼 내달리기 시작하였다.

비행기가 어느 정도 활주로를 질주하여 비행기 시속 250km/h에 달하자 부기장이 박 기장에게

"뷔원! V1[*7]"을 외쳤고

박 기장은 스로틀Throttle[*8]에 올려놓았던 손을 살짝 거두

*1 32 뜻은 방위각 320도에서 뻗은 왼편 활주로를 의미하고 L은 두 개의 활주로 중 좌측 활주로를 의미한다. 32L 활주로에서 이륙하면 부천 방향에서 김포 방향으로 비행하게 되어 있다. 또한, 14R은 방위각 140도 오른편 활주로를 의미한다.

*2 이륙하려는 비행기가 반드시 정지하여 관제탑의 이륙허가를 받은 후 재출발하는 활주로 직전 멈추는 장소, 바닥에 노란색 영어로 쓰여 있다

*3 객실 이륙 준비 완료

*4 조종실 기장과 부기장 사이에 설치된 중앙조종판으로 스로틀, 플랩, 무선통신 등 여러 가지 계기가 설치된 직사각형 형태의 구조물로 기장과 부기장석을 구분 짓는다

*5 자동차의 액셀러레이터와 동일 기능이나 비행기는 손으로 앞뒤로 밀며 조작하게 되어 있다.

*6 엔진출력 손잡이를 TOGA라고 쓰여 있는 그곳까지 올리거나, 버튼을 누르면 TO/GA 위치까지 올라간다.-빨리 가속할 수 있고, 높은 추력으로 높은 상승률을 낼 수 있다. Take Off, Go Around의 약어이다.

*7 이륙을 포기할 수 없는 속도, 무조건 이륙해야 함

*8 비행기 액셀러레이터, 가속장치, 자동차는 오른발로 눌러서 가속하지만, 비행기는 손으로 밀고 당겨서 가속, 감속

어들였다.

이후 비행기 속도가 더 증가하자 부기장이 박 기장에게 다시 한번 외쳤다.

"로테이트! ROTATE*1"

부기장의 외침을 듣고 기장이 조종간을 당기자 비행기 기수가 살짝 들리며 미래항공 2708편은 인천 방향을 향해 강서국제공항 32L 활주로를 박치고 이륙하였다.

"기어 업! Gear Up*2"

박 기장이 부기장에게 지시했다.

김홍도 행동개시

활주로에서 분리된 미래항공 2708편은 바로 김포 고촌의 힐스테이트 아파트단지와 경인아라뱃길 그리고 현대 프리미엄 아울렛을 오른편에 품고 계양산을 지난 후 오른쪽으로 회전하여 한강을 따라 계속 상승하고 있었다.

비행기는 순식간에 여의도 국회의사당, 잠실, 천호대교 상공을 거쳐 남양주 근처 팔당호 상공을 지나고 있었으며 이윽고 움직여도 좋다는 조종실의 신호인 승객 머리 위 주황

*[1] 조종간을 당기라는 말

*[2] 기장이 부기장에게 지상에서 사용했던 착륙 바퀴를 올리라는 뜻.

색 "Fasten Seatbelt Sign"이 "Off끔" 되면서 객실 내에서는 코로나19 이후 한동안 중단되었던 기내 음료 서비스를 하기 위해 앞뒤 갤리Galley*[1]에서 바쁘게 움직이기 시작하였다.

이륙 전부터 주위 승객의 눈치를 보며 뭔가를 조심스럽게 조립하고 있었던 24C 김홍도 승객이 화장실을 가며 37C 좌석의 양춘자 승객에게 다가가자 양춘자 승객은 기다렸다는 듯이 비닐에 쌓여 실로 연결된 작은 봉지와 손바닥만 한 검은색 물체 3개를 김홍도 승객의 오른손에 살짝 건네주었다.

화장실에 들어간 김홍도 승객은 이마에 흘린 식은땀을 닦으며 비닐을 조심스럽게 풀었고 그 안에는 강서국제공항에서 출발 시 아프다고 난리를 피웠고 엑스레이 검색대에 자신의 머리를 부딪치게 하여 출혈을 일으켜 항공 보안분야에서 엄격하기로 유명한 강서국제공항의 공항보안 검색을 회피한 후 비행기를 램프리턴 시켜 세 명의 일행 중 자신만 내린 김나래 승객이 공항보안 검색을 회피하기 위해 비닐에 묶어 목으로 삼킨 후 끈을 치아에 묶어놓았던 45구경 리볼버 권총 실탄 6발과 공항보안 검색요원들이 검색하기 어려운 여성의 민감한 부분인 치마 속 은밀한 부위에 테이프를 이용하여 꽁꽁 묶어놓았던 소형권총 개머리판, 총열과 방아쇠 뭉치가 모습을 드러내었다.

권총의 개머리판을 숨기기 위해 김나래 승객은 자신의 여성 음부에 테이프로 단단히 묶어놓았으나 걸음을 옮길 때마다 자꾸 자신의 허벅지 및 Y Zone을 개머리판과 테이프가 자극하는 바람에 해당 부위가 너무 아팠었다.

나중에 밝혀졌지만 김나래 여성 승객은 자신들의 항공기 납치 및 중국행 임무 완수를 위해 배꼽 아래 음모들이 모두 테이프에 붙거나 마찰로 빠져버려 마치 브라질리언 왁싱할 때처럼 여성으로서의 민감한 부분의 체모가 전부 몸에서 분리되는 적지 않은 고통을 감수하였던 것이었다.

즉 35D 김나래 여자 승객은 식도로 삼킨 권총 실탄 6발과 개머리판을 숨기려고 일부러 공항 출발장 보안 검색 시부터 응급환자 흉내를 내었고 처절할 정도로 몸서리를 쳐서 주위의 시선을 분산시키고 문형 금속탐지기의 탐지를 피하고자 엑스레이 검색대 앞에서 실신하며 머리를 일부러 엑스레이 기기에 부딪혀 피를 흘려 검색을 위해 대기하던 공항보안 검색요원의 극한 동정심을 유발하게 되었던 것이었다.

결론적으로 김나래 여성 승객은 사람의 생명과 인권을 매우 중요시하는 대한민국의 국민감정을 이용하여 바닥에 고의로 쓰러지고 보안 검색용 엑스레이 기기에 머리를 부딪쳐 피를 흘린 후, 응급환자 취급받아 무사히 엑스레이 판독, 문형 탐지기와 휴대용 금속탐지기의 검색 망을 벗어나게 된 것이었고 양춘자과 김홍도는 그러한 소란을 틈타 휠체어 이용하는 장애인, 교통약자 승객이라는 것을 구실로 보안 검색요원들을 혼란스럽게 하여 휠체어 본체에 대한 ETD 검색을 순간적으로 잊어버리게 한 것이었다.

*1 승무원들이 기내 음료, 식사를 준비하는 장소

자신이 가지고 있던 권총의 총열과 노리쇠 그리고 김나래 승객에게서 건네받은 개머리판을 조립하여 완벽한 권총을 만든 후 권총 약실에 6발의 실탄을 채운 김홍도 승객은 자신의 흐트러진 머리 모양새를 화장실 거울을 보며 다시금 매만지고 마치 이 세상에서 자신의 마지막 영정사진 모습을 보는 듯 엄숙한 모습과 할 수만 있다면 금방이라도 자신이 벌이게 될 사건을 후회하지 않을듯할 표정을 기내 화장실 거울에 확고히 새기고 있었으며 최후까지 함께 하자던 자신과 양춘자를 버리고 오직 혼자만 살겠다고 비행기에서 내린 김나래를 무척 증오하고 또한 원망하고 있었다.

"비겁한 년."

"내가 살아서 돌아가면 너와 네 가족은 절대 그냥 두지 않는다."

"우리가 살아서 돌아갈 때까지 기다리라우"

"배신의 끝이 어딘가를 보여주지"

중얼거리는 순간

미래항공 2708편 B737-800 비행기가 대한민국의 허리인 대관령 산지를 통과하게 되었고 산 정상의 난기류가 예상됨에 따라 박 기장은 다시금 "Fasten Seatbelt Sign"을 "ON켬"으로 바꾸었다.

홍 사무장이 객실브리핑 할 때도 언급했지만 이러한 표식이 점등될 시 모든 승객은 벨트를 착용해야 하고 화장실의 승객도 자리로 돌아가야 한다는 승무원 매뉴얼을 잘 알고 있었던 이선자 승무원이 자신 담당구역 승객의 좌석벨트 확인을 마치고 뒤편 화장실을 점검하던 중, 화장실 문이 잠겨 있다는 빨간색 표식을 보았다.

FASTEN SEAT BELT

하지만 승객이 화장실에서 급하게 용무를 처리할 수도 있다는 생각이 들어 이선자 승무원은 조심스럽게 화장실 문을 두드리며

"손님 비행기가 흔들릴 예정이니 좌석으로 돌아가 주시기 바랍니다"라고 요청을 하게 되었다.

이러한 승무원의 요청을 들은 김홍도 승객은 조립된 권총을 재빨리 자신의 품속에 숨긴 후,

"네."

"지금 나가요."

"화장실이 급해서 죄송합니다."

"어제저녁 오늘 출장을 앞두고 친구들과 함께 음주했더니 속이 매우 안 좋네요."

"번거롭게 해서 죄송하네요"

김홍도 승객은 화장실 문을 열고 기다리는 이선자 승무원에게 인사를 하고 자신의 자리인 24C 좌석에 돌아와 착석하였다.

잠시 후 강숙희 신입 승무원이 음료 카트Beverage Cart*1를 갤리에서 세팅하여 앞좌석에 착석해 있는 승객들에게 음료를 제공하였고 김홍도 승객에게도 다가와

"손님 음료수는 콜라, 사이다, 생수가 있습니다."

"어떤 것으로 하겠습니까" 물어보았으나 김홍도 승객은

"저는 괜찮아요."

"오늘따라 유난히 속이 좀 울렁거리는데 앞쪽 화장실을 사용해도 될까요?"

라고 물어보았다.

이에 강숙희 승무원이 잠시 후 의문을 표시하며 대답하였다.

"조금 전 뒤편 화장실을 사용하신 것으로 알고 있습니다만…"

"속이 불편하시면 약이라도 좀 가져다드릴까요?"

"아뇨 괜찮아요."

"곧 좋아지겠죠"

김홍도 승객이 대답하였다.

"앞쪽 화장실은 잠시 후 'Fasten Seatbelt Sign'이 꺼지게 되면 사용하셔도 됩니다."

강숙희 신입 승무원이 친절하게 화장실 사용법에 대해 안

내하였다.

김홍도 승객은 잠시 숨을 안정시키고 눈을 감아 깊은 생각에 빠지던 중….

“딩”

소리를 내며 자신의 머리 위에 켜있던 주황색 “Fasten Seatbelt Sign”이 꺼지게 되었다. 자리에서 일어난 김홍도 승객은 가슴에 뭔가를 지니고 앞쪽에 있는 좌석을 지나 조종실 바로 앞 화장실에 들어가서 문을 잠갔다.

이때까지 테러에 사용될 무기 조립 작업은 이미 마친 상태였고 이제는 조종실 진입을 위해 방법을 구상해야만 하던 김홍도는 두 가지 방법을 고안하였다.

첫째, 기장이나 부기장 중 한 명이 화장실 가느라 조종실 문을 열고 나오면 이때 문을 낚아채고 재빨리 조종실 안으로 들어가 조종실 문을 잠가버려 아무도 들어오지 못하게 한 후, 조종실에 남아있던 부기장이나 기장을 위협하고 자신이 원하는 목적지로 비행기를 조종하게 하는 방법.

두 번째는 객실에서 근무하는 승무원이나 승객 중 일부를 인질로 삼아 칼로 목을 살짝 그은 후 조종실에 연락하여 위협하고 문을 열라고 하는 방법과 폭발물을 이용한 협박이

*1 식사나 음료를 제공하기 위해 객실승무원이 객실 복도를 밀고 다니는 수레처럼 생긴 장치

었다.

미래항공 2708편을 납치하려던 김홍도 일행들이 그들의 은신처 근방 피시방에서 수개월 동안 구글, 네이버, 크롬 등 모든 포털의 검색사이트를 치밀하게 조사하여 알아본 결과 2001년 9월 11일 오전 미국 뉴욕 맨해튼 쌍둥이 빌딩 폭파 사태 이후 전 세계 항공사 비행기 조종실 모든 문은 방탄 문으로 교체되었고 객실에서 승무원이나 승객에게 테러의 위협이 전해지면 조종사들은 일단 문을 밖에서 열지 못하도록 잠그게 되어 있다는 것이다.

따라서 미국의 2001년 911 테러 이후 현재 운항 되는 모든 민항기 조종실 출입문은 총탄이 뚫지 못하는 방탄 철제 문이며 무게는 약 80kg~100kg에 육박하는 육중한 무게를 가진 철문으로 제작되었다.

이러한 조치는 많은 승객과 승무원의 희생을 통해 학습하게 된 수단이었고 일단 비행기를 탈취당해 테러범들이 조종하여 대량살상이라는 그들의 목적을 달성하게 하지 못하는 방법의 일환인 것이다.

김홍도가 첫 번째 방법을 선택하지 않은 이유는 미래항공 2708편은 국내선이고 양양국제공항까지 비행시간이 1시간 남짓하여 조종사들의 화장실 이용이 거의 없을 것으로 생각되었고 또 한 가지는 조종실에서도 조종사들의 편리를 위해 조종실 바로 뒤쪽에 있는 앞쪽 화장실을 승객이 사용하고 있는지를 조종실에서 알 수 있어서 승객이 화장실 문을 계속 잠그고 있으면 조종실 내 계기판에 앞쪽 화장실이

"Occupied", "사용 중" 이렇게 노란색으로 표시되어 조종사가 나오지 않는다는 것도 이미 알고 있었다.

따라서 제일 손쉬운 방법은 객실승무원을 납치하여 살해하거나 가슴을 칼로 그어 위협을 가한 후 조종실에 연락하여 조종실 문을 열라고 협박하는 방법과 폭탄을 제시하면서 문을 개방하지 않으면 스스로 승객과 함께 자폭하겠다는 방법밖에 없다는 것을 생각한 김홍도는 B737-800 비행기 앞쪽 화장실에서 한동안 고민을 거듭한 후 드디어 마음속 결심을 단단히 하고 비행기 앞쪽 화장실 바깥으로 나오게 되었다.

B737-800 비행기의 구조를 잠깐 살펴보면 승객이 앞쪽 화장실에서 나오게 되면 왼편으로는 조종실이고 1시 방향으로는 객실승무원이 비행 중 주로 근무하며 객실 식음료 서비스 준비장소인 갤리Galley가 눈앞에 보이고 오른쪽으로는 승객의 10번 열 좌석이 전개되게 되어있다.

때마침 신입 강숙희 승무원이 국내선 음료 서비스를 마치고 갤리에 들어와서 음료, 카트 등 기내서비스 용품 정리를 하고 있었고 홍 사무장은 기내 순회 중 이어서 비행기 앞에서 뒤쪽으로 가고 있는 중이었다.

이러한 기내 광경을 목격한 김홍도 승객은 갤리 커튼을 열고 안으로 뛰어 들어가 신입 승무원인 강숙희 승무원의 목을 잡고 입을 거북이 등처럼 갈라진 손으로 틀어막은 후, 뒤쪽 허리 부근에 미리 준비했던 권총을 들이대었다.

"이 간나 계집애."
"아무 소리도 내지 마."
"죽여버린다."

"헉, 큭"
"숨 막히네요."
"네 알겠습니다."
"조용히 할 테니 손 좀 치워주세요"
"근데 갑자기 저한테 왜 그러시는 거죠?"
강숙희 승무원이 김홍도에게 물어보았다.

"네까짓 거."
"알 필요 없어."
"나는 내 목적만 달성하면 되는 것이야."
"시키는 대로 하지 않으면 쏴 버린다!" 하며 강숙희 승무원의 허리에 권총을 다시 한번 찔러주었다.
허리를 찌른 물건을 본 적은 없지만 차가운 금속 느낌을 주는 권총인 것을 직감한 강숙희 승무원은 24세 나이가 되도록 한 번도 경험해 보지 못한 사태를 당하자 두렵기도 하였고 김홍도의 위압에 겁에 질려 대답했다.

"네, 네, 알겠습니다."
"그런데 어떻게 하면 되죠?" 이에 김홍도는
"조종실에 인터폰 해서 필요한 것 없나 물어보고 지금 시원한 생수가 준비되어 있으니 들어간다고 해"

김홍도가 사시나무 떨듯이 몸을 벌벌 떨고 있는 신입 승무원 강숙희에게 말했다.

"네, 알겠습니다"

"해볼게요."

하지만 비행기를 납치하려는 김홍도의 의도를 순간적으로 눈치챈 강숙희 승무원은 바로 조종실에 연락하지 않고 갤리에서 주춤거리며 객실승무원 신입 교육 때 훈련받았던 기억을 상기시켜 김홍도가 눈을 돌린 사이 몰래 갤리 서킷 브레이커Circuit Breaker[*1]옆에 나와 있는 빨간색 비상벨 버튼을 깊이 눌렀다.

"찌 익"

"찌 익~"

강숙희 승무원이 빨간색 비상벨을 누르자 조종실에 비상벨 버튼 소리가 울려 퍼졌고 이내 박 기장과 부기장은 이것이 무엇을 의미하는지 알고 있었으나 평소 갤리나 기타 장소에 설치된 비상벨이 승무원들의 부주의로 종종 오작동 되었던지라 대수롭지 않게 넘기고 곧 착륙하게 될 양양공항의 접근절차와 비행기 조종에만 열중하고 있었다.

[*1] 일반 가정집 두꺼비집 역할을 하는 전원 차단장지, 비행기는 까만색 버튼으로 되어 있고 잡아 빼면 전원이 차단되고 누르면 연결됨

“그게 뭐야? 조종실에 전화하랬더니 이상한 버튼이나 누르고….”

“무슨 버튼이야?”

“말해보라니까.”

김홍도가 불같이 화내며 강숙희 승무원 허리춤에 권총을 밀어 넣으며 강요하였다.

“사실 그 버튼은 뒤에 있는 승무원에게 인터폰을 해달라는 신호예요.”

“왜?”

“왜?”

“왜 쓸데없이 뒤편 승무원을 부르냐고.”

김홍도가 물었다.

“앞쪽에 조종실에 제공할 생수가 없어서 가져다 달라고 하는 신호에요”

“……”

순간적으로 강숙희 승무원이 김홍도에게 자신의 행동을 얼버무리고 있었다.

“이제 장난 그만하고….”

“조종실에 전화해!”

“전화하라니까!”

김홍도는 강숙희 승무원의 허리춤에 찔러넣었던 권총을 한 번 더 힘차게 등 쪽으로 밀착시켰다.

"이제 전화하면 되잖아요?"

"저를 너무 다그치시면 제가 떨리는 목소리로 전화를 하게 되고 그러면 조종실에서도 이상하게 생각하지 않겠어요?"

"한 번도 당해보지 않았지만, 어차피 사태는 벌어진 것이야,"

"나라도 침착해야 해"

"당황하면 모두가 위험하지"

마음속으로 주문을 외우듯이 반복하며 마음은 벌벌 떨고 있지만 애써 무서운 감정을 숨기고 강숙희 승무원이 김홍도에게 설득하듯이 이야기하였다.

"그리고 우리 비행기는 갤리에 전화가 없으니 나가서 해야 합니다…."

강숙희 승무원이 이야기하자 김홍도는 답변을 확인하듯 갤리 주변을 여기저기 살펴보기 시작하였다.

"간나 계집애, 뭐 이곳에 전화기가 없다고?"

"비행기 주방에 전화기가 없다는 게지…."

"가정집에도 모두 전화가 있는데 비행기 주방에 전화가 없다고?"

"너 그게 지금 말이 된다고 생각하니?"

하지만 갤리를 꼼꼼히 둘러본 김홍도는

"어…."

"진짜 없네."

"그렇군……."

"그럼 전화기 있는 곳으로 가자."

"이번에도 허튼짓하면 죽어."

김홍도는 짧게 내뱉으며 강숙희 신입 승무원의 허리춤에 권총을 다시 대고 갤리 커튼을 젖혔다.

이때 홍선홍 사무장은 전체 객실 순회를 마치고 앞으로 오는 중이었으며 강숙희 승무원이 갤리에서 나오는 것을 보자마자

"숙희 씨 앞쪽에 별일 없었죠?"

"오늘은 비행기가 지연되었음에도 승객분들이 조용하시네요."

"그리고 아 참."

"오늘 손님 중에 자발적으로 내리신 분이 한 명 계셔서 비행기가 좀 지연되었는데 의외로 연결편에 대한 승객들 불만이 없네요"

"정말 신기하네요" 홍 사무장이 강숙희 승무원에게 말했다.

이때 갤리 커튼 뒤쪽에 숨어서 강숙희 승무원의 등 뒤에 지나칠 정도로 바짝 붙어 있었던 김홍도를 보고 흠칫 놀라며

"강숙희 승무원…. 저분은 누구시죠?"

"왜 이리 바짝 붙어 계시죠?" 묻는 순간

유격 훈련을 통해 근육질로 뭉쳐져 맥주병처럼 굵은 김홍

도의 오른쪽 손이 갑자기 홍 사무장의 팔뚝을 잡아 갤리 안으로 순식간에 잡아끌었다.

"누… 누구시죠?"
"숙희 승무원…. 이분 누구시죠?"
엉겁결에 전기 청소기가 먼지를 흡착하듯 무작정 갤리로 빨려 들어온 홍 사무장은 당황해서 김홍도와 강숙희 승무원을 번갈아 보며 물었다.

"사무장님 실은 저도 잘 모르는 분인데."
"제 허리 아래쪽을 보세요"

"네…?."
"앗, 이건"
군에서 근무 시절 많이 보았던 권총이었고 약실을 보니 총탄이 모두 장전된 장난감이 아닌 진짜 권총이었다.
홍 사무장은 흠칫 놀라며 자신도 모르게 강숙희 승무원을 위협하고 있었던 김홍도의 권총을 그녀의 허리춤에서 본능적으로 밀어버렸다.

"어 이 자슥 무술 좀 하네?"
"조용히 안 하면 너희들 오늘 다 죽어."
"자네가 여기 책임자 사무장 맞네?"
"네가 책임자 맞냐고 물었다."
김홍도가 홍 사무장에게 다그치며 소리쳤다.

"제가 이 비행기 객실책임자인 것은 맞습니다만…."

"손님 기내에서 이러시면 항공보안법 위반으로 큰 처벌받으실 수 있습니다."

"여기 드라마 촬영장이 아니니 이러시지 마시고 총을 저에게 건네주세요."

"응해주시면 아무 일도 일어나지 않을 테니 협조해 주시기 바랍니다"

홍 사무장이 김홍도에게 말하자

"야…. 이 종간나 새끼들아!"

"내가 그 정도 상식도 없이 이런 일 하진 않아."

"나는 너희들의 이중적이고 자본주의적 사고방식이 맘에 들지 않는 거야."

"알겠네!"

"지금부터 너희 둘, 허튼수작하지 말고 조종실에 전화해서 잠시 들어간다고 해."

"안 그러면 너부터 머리하고 가슴에 구멍을 내줄 거야."

김홍도가 홍 사무장의 머리에 총구를 겨누며 말했다.

홍 사무장과 강숙희 신입 승무원이 김홍도에게 끌려 나오듯이 갤리에서 밀려 나오자 비행기 객실 제일 앞 열인 10번~20번 열 주변 승객들이 안색이 하얗게 질린 강숙희 승무원과 이마에 식은땀을 흘리는 홍 사무장 그리고 그들의 뒤에 붙어 두 명의 승무원을 갤리에서 바깥으로 거칠게 밀어내고 있는 김홍도를 보았고 그가 소지한 검은색 실제 권총을 보고 술렁이기 시작했다.

"어머…."

"뭔 일이야!"

"큰일 났나 봐."

"영화 찍는 거 아니잖아."

"여보, 이거 진짜야?"

"엄마, 무서워 총 들고 무섭게 생긴 아저씨 누구야?"

앞좌석 승객들이 동요하기 시작했다.

이 순간 공포에 질린 앞 좌석 승객들을 한번 둘러본 홍 사무장이 해병대 시절 배웠던 백병전 기술과 총검술을 기억 속에 상기시켜 잽싸게 김홍도의 오른손을 낚아채 손에든 권총을 빼앗으려고 했다.

"어 어"

"이 간나 새끼."

"너 죽으려고 환장했니?"

중국에서 대테러훈련 교관을 담당했었고 수많은 소수민족 봉기에 대비해 자국의 저격수 신병들의 백병전 훈련을 양성해 온 경험이 있었던 김홍도는 이에 굴하지 않고 홍 사무장의 몸짓에 대응해 권총을 잡으려는 홍 사무장의 오른쪽 손을 강하게 밀어 올렸고 들고 있던 권총의 개머리판으로 홍 사무장의 왼쪽 눈 뼈를 강하게 타격했다.

김홍도의 평소 단련되고 빠른 몸놀림으로 왼쪽 눈 부분을 강하게 타격당한 홍 사무장의 왼쪽 눈에서 튀긴 핏물이 비행기 개실 천정에 튀었다.

"억"

외마디를 지르며 홍 사무장이 손으로 눈을 감싸고 피를 흘리며 뒤쪽으로 물러나자 김홍도는 이때다 싶어 술렁이는 객실 내 승객들 기선을 제압할 목적으로 뒤로 밀려나고 있는 홍 사무장의 복부 쪽을 향해 조금도 망설임 없이 권총 한 발을 발사했다.

"탕"

하는 소리와 동시에 홍 사무장의 허리가 활처럼 뒤로 젖히며 밀려났고 아랫배와 총알이 통과한 등 뒤쪽에서는 선혈이 조금씩 흘러나오기 시작했다.

비행기 기내 밀폐된 공간에서 들리는 총소리는 개방된 장소보다 소리의 강도가 몇 배나 강해 앞쪽의 승객은 물론 제일 뒤쪽에 있던 승객까지 놀라게 할 정도의 세상을 살면서 정말 한 번도 접해보지 못했던 큰 소리였다.

"악!"

"어머!"

"억!"

"엄마!"

"무서워!"

총을 든 김홍도를 보며 가뜩이나 겁에 질린 승객들은 지금까지 살아오면서 한 번도 들어보지 않은 총소리에 놀라 외마디 비명을 질렀고 엎드린 채로 숨을 죽이던 앞 좌석 승객들은 눈만 내밀어 말로만 듣고 영화에서나 볼 수 있었던 객실 테러 현장을 자신들의 눈앞에서 보니 경악할 지경이었다.

총탄을 맞은 홍 사무장은 뒤로 쓰러져 양손으로 아랫배를 움켜쥐고 있었고 김홍도를 피해 뒤편 갤리로 가려고 사력을 쓰며 비행기 뒤쪽으로 엉금엉금 기어가고 있었으며 비행기 뒤쪽에 있었던 박미선, 이선자 두 명의 승무원들도 그네들의 길지 않은 비행 생활에서 처음 보는 실제 항공기 테러 현장을 멀리서 지켜보면서 순식간에 얼어붙어 버렸다.

항공사에서 입사 보안교육을 받을 때 비행기 납치의 경우 모든 승무원은 절대 침착하라고 교육을 받았으나 사무장이 총에 맞아 뒤로 쓰러지는 현장을 목격한 승무원들은 전신이 떨려 조종실에 연락할 엄두를 못 내고 그 자리에서 꼼짝할 수 없을 만큼 큰 충격을 받게 되었다.

순간 두 명의 승무원 중 선임자인 박미선 승무원은 무의식적으로 재빨리 뒤편 화장실에 들어가 몸을 피했고 박미선 승무원보다 담력이 있는 이선자 승무원은 공포상황에서 신속히 벗어나 정신을 가다듬은 후 신속히 인터폰으로 조종실에 연락하려고 시도하였으나 워낙 당황하여 기내 인터폰의 키패드 숫자를 누를 수 없을 정도로 손가락이 악보의 안단테를 연주하는 실로폰의 스틱 모양 덜덜 떨리는 공황상태를 유지하고 있었다.

한편 비행기 조종실 앞에서 김홍도는 생선 장수가 늘어진 생선을 잡아 올리듯이 강숙희 승무원의 가느다란 목을 부여잡고 조종실에 연락하는 인터폰을 가리키며 계속 조종실 연락을 강요하고 있었다.

조종실 문 열라우!

"부기장, 이거 무슨 소리지."
"하이드롤릭Hydraulic*1 밸브가 터졌나?"
"아니면 화물칸 문이 열려서 날아간 것 아냐?"
"객실에서 들린 것 같은데."
"총소리 같기도 하고"
"객실에 연락해 보는 것이 좋지 않을까?"
박 기장이 부기장에게 말했다.

"네 기장님 확인해 보도록 하겠습니다."
부기장은 인터폰을 들어 객실에 연락하기 시작했다.

"딩동"
"딩동"
Hi-Low 차임 소리가 객실에 울리며 각 승무원 스테이션에 조종실로부터 비상 신호 인터폰이 왔으니 받으라는 신호인 분홍색 표식이 점멸하였다.

"어."
"아 네,"
"앞 갤리 강숙희 승무원입니다."

"예…. 조종실 부기장입니다."
"객실에 무슨 일이 있나요?"
"방금 들린 폭음은 무슨 소리였어요?"
부기장이 강숙희 승무원에게 물었다.
이에 김홍도는 목을 졸랐던 손을 놓으며 다른 한 손으로 여전히 강숙희 승무원의 허리춤에 권총을 들이대고 마치 송골매가 먹이를 낚아채듯이 인터폰을 낚아채며 말하기 시작했다.

"나…. 김홍도라고 함네."
"다른 말 말고 조종실 문을 열라우."
"잠시 후 열을 셀 동안 조종실 문을 열지 않으면 여승무원은 지금 죽어."
"내 말이 믿기지 않으면 열지 않아도 괜찮다!"
부기장이 김홍도의 말을 듣고 소스라치게 놀라며

*1 비행기를 조종할 수 있는 유압

"기장님 객실에서 납치 상황이 발생한 것 같습니다."

"지금 승무원을 납치한 테러범이 조종실 문을 개방하라고 합니다"

"어떻게 할까요?"

"기장님,"

"기장님, 어떻게 할까요?"

부기장이 말이 없는 박 기장에게 재차 물었다.

조종실에서 잠시 침묵이 흐르더니 이윽고 박 기장이 말문을 열었다.

"부기장, 지금 강서국제공항 ATC Air Traffic Control*1에 연락해서 기내 비상상황을 알리고 회사 운항관리사, 종합통제실 에게는 ACRS에이카스*2로 현재 상황을 연락해!"

"트랜스폰더 코드 7500*3."

"그리고 조종실 문 잠가!"

"Keep Door Closed."

"강서국제공항 ATC, 미래항공 2708편입니다."

"강서국제공항 ATC, 미래항공 2708편입니다."

부기장이 무선을 이용하여 다급한 목소리로 강서국제공항 관제탑을 호출하였다.

강서국제공항 관제탑과 인천공항 관제탑에서는 미래항공 2708편이 무선호출부호 7500을 보내옴에 따라 모든 관제 행위를 중단하고 주변 항공기들을 신속하게 울릉도 방향 고고도 및 포항 방향 저고도로 이동시킨 후 비상상황에 돌입

하였고 화면상에 하얗게 나타나는 미래항공 2708편 움직임을 레이더를 통해 모든 관제원이 계속 주시하고 있었다.

"미래항공 2708편, 여기는 강서국제공항 콘트롤, 레이더 컨택.Radar Contact*4 "

"트랜스폰더 7500을 사용했습니까?"

"실제상황입니까?"

"무슨 일이 있으신가요."

"현재 비행기 속도, 위치와 고도를 즉시 보고해 주시기 바랍니다."

관제사가 대답하였다.

""현재 속도 650식스,파이브,지로km/h, 고도는 2만 2천투,투,지로 피트, 헤딩 095지로,나이너, 파이브, 위치는 양양공항 접근하려고 동해 속초 상공으로 접근 중입니다."

"우리 비행기는 객실에서 항공납치범이 나타나 비상 주파수Aircraft emergency frequency*5를 이용하여 연락하겠습니다. 인천

*1 관제탑

*2 비행기와 지상 간 주고받을 수 있는 팩스 같은 형태의 문서

*3 코드번호를 7500에 맞추면 관제탑에서 피랍 코드로 인식한다

*4 이제부터 착륙까지의 모든 행동은 관세탑에서 책임시고 한다라는 의미

*5 일반적으로 항공 종사자들이 Guard/Guard Frequency라고 함

국제공항 타워도 듣고 있겠죠?"
부기장이 응답하였다.

"네 주파수 공역 대가 같으니 다 듣고 있습니다."
"필요하신 사항을 이야기해 주세요." 관제사가 대답했다.

"일단 기내에 총소리가 나는 등 심각한 상황이 발생한 것으로 파악되고 있고 혹시 폭발물이 기내에서 발파될 수도 있습니다. 따라서 저희 비행기 고도를 객실 내 기압과 외부 기압을 동일하게 할 수 있도록 1만 5천 피트로 유지할 수 있게 해주세요." 부기장이 말했다.

"롸져. 알겠습니다."
"미래항공 2708, 고도 메인테인 150원, 파이브, 지로[*1], 허락 합니다, 헤딩 095지로, 나이너, 파이브[*2]."
이때 조종실 바깥에서는 자신들이 생각했던 대로 조종실 출입문을 쉽게 열어주지 않자 김홍도가 강숙희 승무원의 허리에 권총을 대고 목을 더 심하게 조르고 있었으며 강숙희 승무원은 목이 졸려오자

"컥"
"컥"
하이에나에 목을 물린 사슴처럼 가쁜 숨만 간신히 들이켜고 있었다.
미모의 20대 여성이 태어나서 처음으로 낯설고 거친 그것

도 중국 출신 테러범 남자에게 목을 졸려보는 느낌을 뭐라 표현하면 좋을까?

"구토할 것 같고"
"징그럽고"
"창피하고"
"무력감 느끼며"
"차라리 죽어버렸으면" 하는 느낌을 강숙희 승무원은 내심 표현하고 싶었다.
앞 좌석 승객들은 이러한 광경을 보는 순간 모두들 공포에 질려 누가 시키지도 않았는데도 마치 한밤중 야생동물이 나타나 위험에 처한 닭장의 닭처럼 스스로 머리를 좌석 아래로 낮추고 몸을 떨며 어쩔 줄 몰라 당황해하고 있었다.

"어…."
"어…."
"억…. 윽"
"음"
한편 갑자기 자신의 복부에 한 발의 총탄을 맞은 홍 사무

*[1] 헤딩: Heading, 항공기가 운항하는 방향을 말하며 정북 360, 정동 90, 정남, 180, 정서를 270으로 지칭한다—빨간부분 전체 삭제 합니다.

*[2] 헤딩: Heading, 항공기가 운항하는 방향을 말하며 정북 360, 정동 90, 정남, 180, 정서를 270으로 지칭한다

장은 외마디 신음과 함께 출혈을 손으로 막으며 테러범에게서 멀리 떨어져 있는 뒤편 갤리 쪽으로 전력을 다해 몸을 굴리며 기어가고 있었다.

뒤편에 있는 최선임 박미선 여승무원은 총소리가 더는 나지 않자 숨어있던 화장실에서 살짝 나와 냉정해지려고 노력하는 중이었으며, 두 번째 선임 승무원인 이선자 승무원은 조종실에 연락을 계속 시도하였으나 조종실에서 지상 관제탑과 연락하며 비행기를 안정시키느라 인터폰을 받지 못하자 다시 한번 연락하여 결국 기장과 통화하게 되었다.

"기장님."
"인터폰 좀 받아주세요."
"뒤 갤리 승무원입니다."

"네 기장입니다. 말씀하세요."
"현재 상황은 기내 승객 중 테러범으로 생각되는 남자 승객 한 명이 비행기 앞쪽에서 신입 승무원인 강숙희 승무원을 인질로 잡고 저항하는 사무장에게 권총을 발사하여 사무장님이 복도에 쓰러졌으나 간신히 뒤쪽으로 기어오고 있는 상태입니다."
"현재 사무장님은 앞쪽에서 뒤쪽 구간 중 중간 정도를 넘어 뒤쪽으로 기어오고 있습니다."
"또한, 저희가 테이저건을 사용하고 싶어도 앞쪽에 보관되어 있어 접근이 불가합니다."

"큰일 났네."
"총 맞은 사무장은 어때요?"
"위독한 상태인가요?"
"전체 테러범은 몇 명이고 원하는 것이 뭔가요?"
박 기장이 이선자 승무원에게 급하게 물었다.

"사무장님 상태는 배에 총을 맞아 출혈이 있는 것으로 보이고 의식은 아직 있는 것 같습니다."
"테러범은 현재로는 1명으로 보입니다."
"다른 가담자는 없는 것 같아요."
이선자 승무원의 답변을 듣고 박 기장이 대답하였다.

"제가 보기에는 절대 아닐 겁니다."
"한 명이 이런 무리한 일을 계획하진 않을 것이라고 봐요."
"분명히 일행 몇 명이 기내상황을 주시하고 있을 것이니…."
"나머지 승객을 잘 감시해 주세요."
"절대 혼자 이런 일을 계획하지 않습니다"
"섣부른 대응은 오히려 상태를 악화시킬 수 있으니 자제해 주시기 바랍니다."
"그리고 비행기 고도를 갑작스러운 객실 내 폭발상태를 대비하여 1만 5천 피트로 하강해서 유지하려고 하니 갑작스러운 기체 하강에 대비해 주시기 바랍니다."

이때 비행기 객실 앞쪽 10D, 12C, 13D 좌석에 착석해 있던 세 명의 남자 승객들은 지금까지 벌어진 객실의 사태를 보고 테러 주범인 김홍도 승객에게 협조나 동조하는 다른 승객이 자신들의 시야에 전혀 보이지 않자 당연히 항공기 테러 범인이 혼자라는 생각이 들었다.

남자 승객들은 서로 의견을 나눌 수는 없었지만

"비록 권총을 가지고 있으나 혼자 범행을 하는 것으로 보이며 우리는 여러 명이니 아. 이 정도면 제압해 볼 수 있다" 라는 눈빛과 표정으로 의견을 교환한 뒤 수적 우세를 통해 김홍도를 무력화시킬 시기만 마음속으로 가늠하고 있었다.

사실 테러범에 대항해서 싸울 수 있는 남자 승객들 인원은 한 명인 김홍도에 비해 수적으로는 앞서지만, 살상 무기를 소지하고 있지 않은 비무장 상태인지라 질적으로는 상당한 열세에 놓여 있었으며 동일범이 기내에 잔존 할 수도 있다는 사실과 객실구조를 훤히 알고 있는 승무원의 도움 없이는 비행 중 제압이 불가하다는 현실을 간과하고 있었다.

이때 환자복을 입은 채 휠체어를 이용해 37C에 착석해 있던 김홍도의 일행 양춘자 여자 승객은 이러한 객실 앞쪽 남자 승객들의 분위기를 매의 눈으로 예의 주시하고 있었으며 앞쪽에 있던 남자 승객들은 뒤쪽에도 또 한 명의 흉악한 여성 테러범이 있을 줄은 꿈에도 생각하지 못하였다.

사력을 다해 뒤쪽으로 엉금엉금 기어서 뒤편 갤리에 도착한 홍 사무장을 목격한 박미선, 이선자 뒤편 승무원들은 홍 사무장의 양팔을 끌어 갤리로 들어오게 한 후 갤리 커튼Galley Curtain*1을 치고 총탄이 뚫고 지나간 배 쪽 상태를 살펴보게 되었다.

이선자 승무원이 홍 사무장의 상태를 보니 왼쪽 눈자위를 권총의 손잡이로 맞아 상당히 부풀어 올라있었고 복부 배꼽 위쪽 옆구리 쪽 부분을 총탄이 살짝 뚫고 나가 관통해버린 등 뒤쪽은 허리 근처 피부가 탄환의 충격으로 인해 너덜너덜한 상황이었다.

다행히 홍 사무장의 의식은 아직 또렷하여 대화하는 데 큰 지장이 없었다.

“어….”

“어….”

“왼쪽 눈이 매우 아프네요….”

“배에 한 발만 맞았는데 왜 이리 기운이 없죠?”

“이선자 승무원…. 조종실에 할 말이 있으니 빨리 인터폰 좀 부탁해요.”

뒤 갤리까지 간신히 기어온 홍 사무장이 매우 피곤한 듯 가쁜 숨을 내쉬며 말했다.

“네, 사무장님 알겠습니다.”

사무장의 부탁을 받은 이선자 승무원은 다급히 뒤편 갤리 내 설치되어 있던 인터폰을 이용해 조종실을 호출하였다.

*1 비행기 주방에서 하는 작업을 승객들이 볼 수 없도록 만든 커튼이며 일반적인 서비스 준비 업무를 할 때 커튼을 닫고 한다

"딩동"

"딩동"

조종실에 객실에서 발신된 인터폰 차임이 울리기 시작했다.

"네, 기장입니다."

다행히 조종실에서 박 기장이 즉시 인터폰을 들어 응답하였고

"기장님 저는 뒤 갤리 이선자 승무원입니다."

"지금 사무장님께서 테러범의 총을 빼앗으려다 총상을 입고 뒤편 갤리로 간신히 기어오셔서 드릴 말씀이 있다고 합니다."

"네, 사무장님 좀 바꿔 주세요." 기장이 말했다.

하지만 출혈이 많아 팔다리에 기운이 빠지고 의식이 약간 흐릿한 홍 사무장이 시니어 이선자 승무원에게 말했다.

"선자 씨 나…. 지금 말할 기운이 없네요."

"일단 인터폰을 끊으시고"

"지금부터 내가 말하는 것을 잘 기억했다가 기장님에게 전해주세요"라고 조용히 말했다.

"네, 알겠습니다."

"먼저, 지금 테러행위를 하는 남자 승객의 일행이 있는 것 같다고 이야기해 주시고 일행은 남자 한 명, 여자 두 명 중 한 명은 아까 강서국제공항에서 출발 시 머리가 심히 아프다고 해서 램프리턴 하여 내려주었던 승객으로 추정된다고 이야기 해주세요."

"따라서 현재 남녀 두 명이 우리 비행기에 잔류한 것으로 알고 있고 그중 한 명이 현재 강숙희 승무원을 인질로 잡은 남자 승객입니다."

"탑승 시 휠체어에 타고 탑승한 여자 승객 한 명은 기억나는데 어느 쪽에 착석하고 있는지는 잘 모르는 상태입니다."

"그리고 테러범들을 진압할 수 있는 무기인 테이저건Taser Gun[*1]은 앞쪽 코트 룸에 보관되어 있는데 현재 테러범에게 앞쪽 공간을 제압당한 상태여서 접근이 불가하네요."

"추가 상황을 알게 되면 조종실에 알려드릴 예정이니 지상과 연락해서 제가 말씀드린 상황을 알려주기 바란다고 전해주세요."

"또한, 앞쪽 승객들 분위기를 보니 남자 승객들의 제압 움직임이 보여 테러범들을 자극하지 않을까 우려된다고 알려주세요."

홍 사무장이 차선임 승무원인 이선자 승무원에게 차근차근 말했다.

이선자 승무원은 조종실에 인터폰을 해서 홍 사무장이

*1 항공기 안전이나 승객과 승무원의 생명 위협이 있을 때 사용하는 전기 충격 총

전해달라는 말을 녹음기를 틀어주듯이 또박또박 박 기장에게 전했다.

"네 잘 알겠습니다."

"비행기를 15년 동안 조종해도 이런 사태는 처음이네요."

"기내상황이 심각하니 강서국제공항 관제탑에 전하도록 하겠습니다."

"지상에서 추가로 연락이 오면 전할 테니 인터폰 잘 받아주세요."

"아…. 그리고 잠시만요."

"아까 총상을 입은 홍 사무장은 좀 어때요?"

박 기장이 물었다.

"네, 사무장님과 테러범의 격투 과정에서 총이 발사되어 사무장님 복부에 한 발 맞았고 현재 사무장님은 앞쪽에서 뒤쪽으로 기어오셔서 뒤 갤리에 계십니다."

"상태가 심각한가요?" 박 기장이 물었다.

"저희가 외관상으로 보니 왼눈을 맞아 심하게 부풀어 올라있고 복부 배꼽 근처에 총탄이 뚫고 나가 등 뒤쪽 피부가 외부로 돌출된 상태입니다. 저는 잘 모르겠지만 총상으로 인해 힘이 없는 것을 빼곤 생명에는 지장이 없을 것으로 생각됩니다."

"기장님 잠시 후 기내 의료진 호출을 위한 기내방송을 시행할 예정입니다. 그리고 응급처치에 EMK Emergency Medical Kit*1가 필요할 것 같아서 객실에 준비된 것을 먼저 사용하도록 하겠습니다." 이선자 승무원이 박 기장에게 말했다.

"롸져."

"잘 케어 부탁합니다."

박 기장이 말하고 인터폰을 끊었다.

이선자 승무원은 바로 인터폰의 키패드를 눌러 떨리는 목소리로 닥터 페이징 기내방송 Doctor Paging*2을 하였다.

"손님 여러분, 긴급 안내 말씀드리겠습니다.
기내에 응급환자가 발생하였습니다.
의사 선생님, 간호사 계시면
저희 승무원에게 말씀해 주시기 바랍니다."

기내방송을 마치고 한참 동안 기다렸으나 강서국제공항을 이륙한 미래항공 2708편에는 여행객 이외 의료인은 불행하게도 단 한 명도 탑승하지 않았으며 이선자 승무원이 홍 사무장의 응급처치를 위해 불안에 떨고 있는 박선자 승무원에게 침착한 어조로 말했다.

*1 비행기 내 비치된 응급처치기구로서 의료인(의사, 치과의사, 한의사, 간호사, 조산사)만 사용할 수 있는 응급키트(kit)

*2 기내에서 응급환자가 발생했을 때 의사나 의료인을 호출하는 방송

“선배님 오버헤드 빈에 있는 EMK 부탁드립니다.”
“그리고 노란색 끈을 뜯으시고 천천히 개봉해 주세요.”
“아래위를 구분 없이 개봉하시면 전체가 엎질러집니다”
이선자 승무원의 요청에 객실 오버헤드 빈에 보관돼 있던 EMK를 가져와 조심스럽게 개봉한 박미선 승무원이 말했다.

“EMK는 주사약과 기구가 너무 많아 우리가 사용하기 힘들겠네요.”
“응급처치 시간에 배우긴 배웠는데 뭐가 뭔지 하나도 모르겠네요.”
“이선자 승무원은 주사 놓으실 줄 아세요?”
“아니요. 저도 전혀 모릅니다.”
“전 사람 찌르는 건 정말 못해요.” 이선자 승무원이 대답했다.
이에 다시 박미선 승무원은

“신입 강숙희 승무원만 간호조무 자격증이 있잖아요.”
“제가 다른 승무원에게 들은 건데 우리 회사 승무원으로 입사한 것도 간호 자격증이 있어서 가능했대요…”라고 물으니 이선자 승무원이 다시 대답했다.

“그래요?”
“지금 인질로 잡혀 있어 부를 수도 없고….”
“난감하네요.”

"차라리 FAK First Aid Kit*[1]와 Resuscitator Bag*[2]을 사용하는 게 좋을 듯합니다."

이선자 승무원보다 1년 정도 선임자인 박미선 승무원이 제안했다.

"맞네, 선배님 그럼 오버헤드 빈에 있는 FAK와 Resuscitator Bag을 꺼내주실래요?"

"네. 잠시만 기다리세요"

뒤 갤리 박미선, 이선자 승무원이 EMK 내 의약품은 의료 전문지식을 요구하는 약품들이 많아 바닥에 내려놓고 할 수 없이 오버헤드 빈에 있는 FAK를 개봉하여 붕대와 거즈로 총상을 입은 홍 사무장의 복부를 칭칭 동여매고 자신의 손으로 압박하며 지혈하고 있었다.

이즈음 복부에 총상을 입은 홍 사무장의 호흡이 점차 가늘고 가빠짐에 따라 Resuscitator Bag구조 호흡백과 휴대용 산소통을 가져와 산소공급 및 인공호흡도 동시에 시행하였다.

이러한 응급지혈을 두 명의 승무원으로부터 받은 홍 사무장은 기장에게 이선자 승무원을 통해 객실 내 상황과 테러범에 대한 정보를 전해준 뒤 복부 총상 때문에 혈액이 신체에서 많이 빠져나간 상태를 표시하듯이 매우 피곤해하며 숨

*[1] 일반 구급 약품 상자-밴드, 압박붕대 등 간단한 응급처치를 할 수 있는 상자로 일반인도 사용할 수 있다.

*[2] 일명 Ambu Bag라고도 하며 구조 호흡기 일체 장비가 담아있는 가방으로 인공 호흡의 보조수단으로 사용한다.

을 파르르 내쉬었고 눈을 감은 채 자는 듯했다*1.

이때 비행기 조종석 뒤편과 객실의 앞면을 장악하고 있던 김홍도가 신입 승무원인 강숙희에게 자신이 직접 기내방송용 PA를 사용할 예정이라며 인터폰을 조작을 강요하고 있었다.

강숙희 승무원은 김홍도가 다시 목을 조를까 징그럽고 두려워 인터폰을 크래들Cradle*2에서 꺼내든 후 키패드에서 방송용 버튼 8번을 누르고 PTTPush To Talk Button*3을 누른 후 김홍도에게 인터폰을 건네주었다.

"이제 사용하시면 됩니다"

"아, 아…. 여러분 나 김홍도 입네다."

"먼저 이렇게 만나서 반갑고요, 지금부터 내가 하는 말을 모두들 잘 들으라우" 김홍도는 능글능글 하지만 사뭇 엄숙한 어조로 승객들에게 자신의 목적을 설명하기 시작하려고 하였다.

순간 뒤 갤리에 있던 이선자 승무원이 김홍도가 기내방송을 시도하려는 방송 음성을 듣자 조종실에 급하게 인터폰을 시도했다.

"딩동"
"딩동"

"네, 기장입니다."

"기장님…. 지금 테러범이 기내방송을 하려는가 봐요."
"한번 들어보세요."
"롸져. 알겠습니다."
기장은 조종실에서 객실의 방송을 들을 수 있는 스위치를 위로 올려 객실방송 청취 위치로 조작하였다.*4

"아아, 이거 지금 방송 나오는 거네?"
김홍도가 강숙희에게 물었다.

"네."
"근데 왜 반응이 없네?"
"내 말이 말 같지 않은 모양이네" 다시 한번 총을 발사하려 하자

"지금 모두들 듣고 있어요. 그냥 말씀하시면 됩니다"
강숙희 승무원이 모기 만한 목소리로 대답했다.
그리고 김홍도의 기내방송이 시작되었다.

*1 일반 사람을 기준으로 혈액이 가정용 우유 팩 한통 정도 몸에서 빠져나가면 실신 후 쇼크를 일으키게 된다.
*2 기내 인터폰을 보관하는 보관함
*3 인터폰에서 자신의 말을 송신할 때 누르는 버튼, 보잉사에서 제작한 비행기는 대부분 인터폰에서 이 버튼을 누르고 말하거나 방송을 해야 송신이 된다. 수신할 때는 상관없음
*4 객실에서는 조종실 대화를 들을 수 없지만, 조종실에서는 기내에서 객실승무원이 승객을 대상으로 방송하는 것을 청취할 수 있는 스위치가 있다.

"여러분 나 김홍도 입네다."

"나는 지금 하나의 중국을 반대하며 서로들 짜고 여러분들 나라에 핵무기를 추가 반입하려는 짐승 같은 자본주의 나라들을 척살하라는 당의 신성한 명령을 받고 이 비행기에 탑승 했습네다."

"천박한 돈놀이 자본주의에 물든 승객 여러분들"

"3년 전에 유행했던 오징어 게임 알제?"

"난 여러분들과 함께 그런 게임을 하려는 겁니다."

"조종실 문을 열어주면 여러분을 살려주고 안 열어주면 너희가 전부 죽는 놀이지."

"미래항공 비행기 승객 여러분들 전에 이 게임 무척 좋아하지 않았네?"

"너희들이 좋아했던 게임, 자 이제 시작할 거고…."

"그리고 이 비행기는 양양공항에 착륙하는 것이 아니라 웨이하이 칭다오 리팅 국제공항 옆 군사기지에 착륙할 것이야."

"특히 남자 승객들에게 한가지 경고하는데 괜스레 용감한 척 저항해서 아까운 목숨을 잃지 말고 내가 지시하는 대로 따르면 모두가 안전히 살 수 있으니 절대 까불지 말래이."

"내가 진심으로 경고 합네다."

"알았쏘까?"

"모두들 고개 숙여!"

"탕!"

날카로운 소리를 내며 또 한 발의 총소리가 객실에 퍼져 울렸다.

순간 객실에 다시 한번 어마어마한 큰 소리가 발생했고 매캐한 화약 냄새가 진동하게 되었다.

"아악"

"악"

"억"

"엄마 나 무서워…. 앙"

"저 아저씨 왜 자꾸 총을 쏘는 거야!"

기내에서는 승객들이 내뱉는 외마디 비명, 아기 울음소리가 여기저기 들렸고 승객들은 김홍도가 쏜 총알이 폭음과 동시에 기내 천정에 박히는 소리를 듣고서야 자신들을 향해 발사한 것이 아니라 단순히 공포감과 위압감을 조성하기 위한 위협 행위라는 것을 알게 되었다.

김홍도의 기내방송과 권총 발사음을 엿듣고 있었던 조종실에서는 테러범들이 비행기를 납치해 이름도 알려지지 않은 중국 내륙공항에 착륙시킨 후 승객들을 인질로 잡아 대한민국 정부와 모종의 협상하려는 계획을 인지하게 되었다.

이어 박 기장은 급히 무선으로 강서국제공항 컨트롤을 호출하였다.

"강서국제공항 ATC관제탑.*1 여기는 미래항공 2708."

*1 관제탑, ATC: Air Traffic Control을 말하며 세 가지 동일한 용어

"강서국제공항 관제탑 응답하시오."

박 기장이 다급하게 강서국제공항 관제탑을 호출하였다.

"여기는 강서국제공항 관제탑, 미래항공 2708편 Go ahead말씀하세요.."

관제탑에서 응답하였다.

"미래항공 2708편 기장입니다."

"잠깐 객실 방송하는 것을 조종실에서 청취해 보니 테러범이 비행기를 납치하여 중국 모처에 착륙시켜 대한민국 정부와 모종의 협상을 하려는 것이 목적인 것 같습니다."

"현재 동해 상공을 비행하고 있으나 회항하여 될 수 있으면 테러 진압이 쉬운 강서국제공항에 착륙할 예정입니다."

"긴급착륙 허가 바랍니다."

박 기장이 착륙 허가를 다급하게 요청하였다.

"롸져 미래항공 2708편."

"현재 고도와 속도를 유지해 주시고 헤딩을 바꾸게 되면 즉시 연락 바랍니다."

잠시 후 강서국제공항 관제탑에서 미래항공 2708편을 호출하였다.

"미래항공 2708편, 강서국제공항 컨트롤."

"Clear for Emergency Approach."

"Clear for Emergency Landing."

"32L 활주로에 긴급착륙을 허가합니다."

관제탑의 착륙 허가를 맡은 후 박 기장은 부기장에게 긴급착륙준비를 위한 체크리스트 점검을 지시하였다.

"Emergency Decent Checkist."

"Pressurization."

"Check Normal."

"Recall."

"Check."

"Autobrake."

"Check."

"Landing data."

"Check."

"Emergency Descent Procedure.긴급강하"

박 기장이 부기장에게 다시 지시했다.

이어 부기장이 박 기장에게 체크리스트를 읽기 시작하였다.

"Announce the Emergency descent."

"Already."

"Passenger signs."

"On."

"Engine Start switches."

"Normal."

"Thrust levers."

"Close."

"Speedbrake."

"Continue."

"Check list completed."

박 기장과 부기장이 서로 자신의 맡은 임무를 수행하였고 상호 크로스 체크Cross Check: 비행 중 상대방이 올바르게 했나 검사하는 절차.가 끝나자 부기장은 죽을 것 같은 공포감에 사로잡혀 덜덜 떨리는 오른손으로 체크리스트를 자신의 좌석 오른쪽 공간에 접어 넣었다.

한편 객실에서는 김홍도가 여승무원으로는 인질이 약했다고 생각했는지 앞쪽 두 번째 11C 좌석에 착석해 있던 중년의 여성 승객에게 총 끝을 까닥까닥하며 앞으로 나오라는 행동을 하고 있었다.

무고한 승객의 희생

"아줌마 애미나이 앞으로 나오라우."

"저 말씀 하시는 겁니까?"

"그럼 아줌마 말고 누가 있소까?"

"죽기 싫으면 나와."

"안 나오면 그 자리에서 죽게 해줄게" 김홍도가 소리를 질러댔다.

"저는 아무 죄도 없어요…."

"저는 남편을 사별했고 외롭게 살다가 결혼 30주년을 맞아 연로하신 어머니를 모시고 설악산 여행 가는 겁니다."

"전 안돼요…."

"싫어요, 전 애들이 곧 결혼합니다."

"좀 봐주세요…. 살려주세요."

"난 내 돈 내고 미래항공 탄 죄밖에 없디고요…."

"어머니 저 어떡해요!"

중년의 여성 승객이 모시고 있던 어머니의 얼굴을 한번 보고 위협적으로 서 있는 김홍도에게 애걸복걸하며 사정했으나 계속 나오라는 위협에 마지못해 엉거주춤 자세를 일으키며 앞으로 나오자 이번에는 앞으로 나온 중년 여성 승객의 가슴에 총구를 대고 강숙희 승무원에게 조종실에 다시 인터폰을 연결할 것을 요구하였다.

"조종실 연락해."

"왜요?"

자신의 상급자이자 옛 애인인 홍 사무장에게 총상을 입힌 김홍도를 보며 현재 두려운 상황을 잃어버린 듯 마음속으로 화가 치밀며 겁이 없어진 강숙희 승무원이 말했다.

"어, 이것 봐라."

"이 애미나이 죽고 싶어 환장했네."

"너 정말 뒈지고 싶니?"

"그래, 죽는 게 소원이면 정말 죽여줄까?"

김홍도는 중년 여성 승객의 가슴에 겨누었던 총구를 다시 강숙희 승무원 머리에 들이대며 입에 담지 못할 거친 욕설을 뱉어냈고 객실 천정에 권총을 발사한 후 아직 식지 않은 권총 총구의 뜨거운 열기가 강숙희 승무원의 새하얀 두피에 오롯이 전해졌다.

강숙희 승무원은 중년 여성 승객의 안위를 위해 마지못해 인터폰을 들어 조종실 통화버튼을 누른 후 조종실을 호출하였다.

"딩동"
"딩동"
조종실에 객실로부터 연락이 도착하였다는 인터폰 하이로Hi-low 차임이 울리자 기장이 다시 조종실 인터폰을 잡아 들었다.

"기장입니다."
"기장님 저 강숙희 승무원인데요."
"잠깐만 기다려주세요."
"통화를 원하는 사람이 있어서요."

"네."
기장이 대답하였다.

"야 기장…."
"나 김홍도인데 인터폰 끊지 말고 기다리라우."
"그리고 지금부터 열 셀 동안 조종실 문을 개방하지 않으면 오늘 너희들 비행기에 탑승한 승객 한 사람씩 머리에 총알을 박아넣을 터이니 승객 목숨, 너희들 목숨 한꺼번에 날아가기 전에 좋은 말로 할 때 조종실 문 열라우."
"알았네?"
"알았네?"
"왜 말이 없네!"
"이 조종사 간나 새끼"
"자 지금부터 열을 센다."

"하나"
"둘"
"셋"
"넷"
"다섯"
"여섯"
"일곱"
"여덟"
"잠깐만, 잠깐만, 여승무원 좀 바꿔 주세요."
박 기장이 말했다.

"안돼. 이 간나 새끼"
"무슨 수작을 부리려고."
"나도 자비를 베풀 만큼 베풀었으니 네 마음대로 해."
"아홉"
"열"
무거운 침묵이 강물처럼 도도히 흐르는 동시에

"탕"
하고 또 한 발의 총성이 기내에 울려 퍼졌다. 순간,

"아악"
강숙희 승무원의 옆에서 죽음의 공포에 짓눌려 몸을 떨고 있던 중년 여성은 어깨 쪽을 빨갛게 달군 쇠젓가락으로 어깨를 푹 쑤셔버리는 듯한 엄청난 통증을 느꼈으며 탄환

속도로 인한 충격으로 여성 승객의 상체가 뒤로 심하게 젖혀진 동시에 몸이 공중으로 약간 떠올랐다가 객실 바닥에 풀썩 주저앉았다.

김홍도가 발사한 권총 탄환은 중년 여성 승객의 오른쪽 어깨 관절 부근을 가볍게 뚫고 나가 갤리 시설에 박혀 버렸던 것이었다.

"악"

중년 여성 승객은 외마디 비명을 지르며 그대로 기절해 버렸다.

"조종사 이 간나 새끼…. 들었지."

"나는 한다면 하는 사람이라우."

"자 다음은 너희들 여승무원 차례야."

"열 셀 동안 문 열지 않으면 이번에 여승무원 눈에다가 총알을 박아버릴 테니 너희 마음대로 하라우."

조종실에서 박 기장이 부기장에게 말했다.

"어떡하지."

"이제는 승무원까지 죽게 생겼네!"

"일단 조종실 문을 열어야 여승무원의 목숨을 건질 것 같지 않나?

부기장 너는 어떻게 생각하니." 기장이 물었다.

"기장님 정말 죄송하지만…."

"조종실 문을 개방하는 것은 오늘 탑승한 120명의 승객과 기장님 포함 승무원 6명의 목숨을 버리는 행위와 같습니다."

"그리고 우리 비행기를 탈취해서 청와대나 롯데빌딩에 충돌하면 건잡을 수 없을 만큼 큰 피해가 우려됩니다."

"당연히 아시겠지만, 일전 미국의 911테러도 조종실을 빼앗겨서 그런 참사가 일어났습니다."

"어떻게 하든 버티셔야 합니다."

"기장님 다시 말씀드리지만, 조종실 문 개방은 하지 않으셔야 할 것 같습니다."

"제가 살고 싶어서 드리는 말씀이 아니라 2차 큰 피해가 우려됩니다."

부기장이 박 기장에게 대답했다.

조종실에서 기장과 부기장 간 이러한 대화가 오고 가고 있을 때 인터폰을 방송 상태로 전환한 김홍도가 다시 기내 방송용 인터폰의 PTT 버튼을 누르고 외치기 시작하였다.

"난 이 세상에서 가진 것 모든 것을 잃었고 이미 이 세상을 떠난 사람이야."

"다시 열을 센다."

"하나"

"둘"

"셋"

"넷"

"다섯"

"여섯"

"일곱"

"여덟"

"잠깐만, 잠깐만요." 다시 한번 조종실에서 김홍도에게 말했다.

"안돼. 이 간나 새끼."

"한 번은 봐주었지만 더는 안돼. 이 종간나 새끼야."

"무슨 수작을 또 부리려고."

"나도 자비를 베풀 만큼 베풀었으니 네 마음대로 해."

"아홉"

"열"

김홍도가 마지막 열을 센 이후 수 초 동안 객실에는 신입 강숙희 승무원의 가파른 호흡 소리만 들릴 뿐 무거운 침묵이 흐르고 있었다.

"개자식들"

"정말 안 되겠구먼."

"너"

김홍도가 씩씩거리며 객실 전방에 앉아있는 남자 승객에게 말했다.

"저 말입니까?"

제일 앞쪽에 착석해 있던 승객이 말했다.

"이리 나와."

"안 돼요, 저는 결혼한 지 얼마 안 됐어요."
"난 죽고 싶지 않아요."
"이 간나 새끼."
"잔말이 많구먼."
하며 오른쪽 발을 날려 남자 승객의 턱에 명중시켰다.

"억"
순간 남자 승객 입에서는 벌건 액체와 장기 같은 것이 튀어나왔다.
김홍도에게 지명된 남자 승객은 평소 긴장하면 혀를 내미는 버릇이 있었는데 오늘도 앞 좌석에 앉은 자신을 지칭하는 김홍도의 위력에 눌려 바짝 긴장하여 혀를 이빨 사이로 내밀고 있었고 동시에 김홍도가 발로 킥을 날려버리는 바람에 자신의 치아가 스스로 혀를 잘랐고 잘린 혀는 피와 함께 바깥으로 튀어나오게 된 것이었다.

"우 읍"
"우 우"
혀가 잘린 남자 승객은 말을 못 하고 몸을 웅크린 채 신음만 내고 있었고 김홍도는 웅크리고 있는 남자 승객의 가슴을 한 번 더 발로 걷어찼다.

"퍽"
김홍도의 무서운 킥을 가슴에 한 번 더 맞은 승객의 허리는 뒤로 젖혀졌고 이어 다시 한번 입에서 거친 숨과 함께 혈액이 뿜어져 나와 갤리 커튼을 온통 붉은색으로 물들이게 되었다.

"남조선 새끼들은 말로 하면 못 알아먹재."

"꼭 맞아야 온순해진다니까."

"개자식들…."

"돈 좀 있다고 지랄들 하더니."

"한 대 맞고 저리 뒹구니 꼴 좋다."

그리고 "너" 하며 김홍도가 권총의 총구를 신입 승무원인 강숙희에게 다시 돌렸다.

양춘자의 등장

이때 비행기 뒤쪽 갤리에서 가쁜 숨을 몰아쉬며 광기에 사로잡힌 김홍도의 폭력적 광경을 보고 있던 홍 사무장이 이선자 승무원에게

"조종실 좀 연결해 주세요."

"뭔가라도 조치를 해야지 아무래도 안 되겠어요."

"네."

"사무장님."

이선자 승무원은 인터폰의 2번을 눌러 조종실을 호출하였다.

"딩동"

"딩동"

"기장입니다."

부기장과 함께 비행기 긴급강하 준비를 마친 박 기장이 얼른 대답했다.

"기장님, 저 이선자 승무원입니다."
"사무장님께서 드릴 말씀이 있다고 합니다."

"네."
"빨리 바꿔 주세요." 기장이 답변하였다

"기…. 기장님 저 홍 사무장입니다."
홍 사무장은 말할 기력도 충분치 않아 사력을 다해 나지막한 소리로 대답하였다.

"기장님 지금 앞쪽에 있는 남성 테러범을 제압할 방법은 한 가지밖에 없는 것 같습니다."
"권총 안에는 조종실에 들어가면 기장님과 부기장에게 사용할 몇 발의 실탄이 남은 것 같고 앞쪽 남자 승객들이 기회를 봐서 달려들려고 하고 있으나 현재 상황이 두렵고 서로의 신호가 일치하지 못해 혼란을 겪고 있는 것 같습니다."
"또한, 제가 알기로는 동조한 일행이 한 명 더 있는 것으로 생각되는데 어느 쪽에 탑승했는지 지금으로서는 알 수가 없네요."
"앞쪽에 있는 테러범도 문제지만 뒤쪽에 있으리라 생각되는 범인도 매우 신경 쓰이는 부분입니다."
"마지막 방법으로 뒤 갤리 승무원들이 조종실에 비상벨

을 길게 세 번 누르면 우리 비행기를 할 수 있는 한 많은 45도 각도로 기울여서 급강하해 주시기 바랍니다."

"그러면 김홍도 테러범은 앞쪽에 서 있으니 급하게 뒤로 밀려나게 될 터이고 비행기 급경사로 인해 팔다리 행동에 제약을 받을 때 앞쪽 남자 승객들이 몸을 날려 일시에 덮치기 좋은 상황이 될 것 같습니다."

"저는 뒤에서 지켜보고 있다가 다른 테러범이 김홍도를 돕기 위해 일어나면 그 사람을 제압할 예정입니다."

"홍 사무장…. 총탄도 맞았는데 괜찮겠어요?" 박 기장이 물었다.

"네."

"몸에서 기운은 많이 빠져나갔지만 제 비행기라고 생각하고 탑승객과 미래항공을 위해 마지막까지 최선을 다해 보겠습니다."

"그리고 홍 사무장…. 기내에 테이저도 있는데 사용 못 하는 겁니까?"

박 기장이 홍 사무장에게 물었다.

"네."

"지금 테이저 보관함 있는 부근에서 인질을 잡고 있으므로 접근 불가합니다"라고 홍 사무장이 있는 힘을 다해 조용히 답변하였다.

"우리는 이미 급강하 체크리스트를 마쳤으니 객실이 준비되면 비상벨로 알려 주세요."

"부기장, 조종실 급강하 준비됐지?"

"롸져."

부기장이 신속히 대답했다.

박 기장은 객실로부터 비상벨이 울릴 시 실시하게 될 급강하 체크리스트 항목을 되새기며 다시 한번 머릿속 비행기 강하율과 강하 속도를 계산해 보고 있었다.

쪽지의 전달

이때 뒤 갤리 이선자, 박미선 승무원은 김홍도를 공격하려는 앞쪽 남자 승객들에게 이러한 상황을 어떻게 알려줄 수 있을까 하고 곰곰이 생각해보고 있었다.

"선배님…. 이건 어떨까요?"
이선자 승무원이 박미선 승무원에게 제안했다.

"다름이 아니고 앞쪽 남자 승객들에게 비행기가 급강하를 시작하면 일시에 범인을 덮쳐달라고 쪽지를 써서 몰래 뒤에서 앞으로 차례차례 전달하면 어떨까요?"

그러자 박미선 승무원이 이선자 승무원에게 물었다.

"근데 자리에 앉아있는 범인에게 발각되면 어쩌죠?"
"사무장님께서 범인이 한 명 더 있다고 하던데요."

"어떤 자리에 있는지 잘 구별이 되지 않아요"

이선자 승무원은 홍 사무장이 박 기장과 통화했었던 기억을 떠올리며 말했다.

"맞아요, 하지만 예약할 때나 탑승 시 그들의 처지에서 생각해보면 진·출입이 쉬운 복도 측에 착석했을 가능성이 크니 제일 뒤쪽 창 측 승객에게만 부탁해서 쪽지를 제일 앞쪽 창 측으로 옮겨보는 게 어때요?"

"좋은 생각이네요."

"일단 쪽지를 써서 한번 해봅시다."

이렇게 이선자 승무원과 박미선 승무원은 자신들이 유니폼 주머니 속에 승객 오더테이킹Order Taking*[1] 용도로 소지하고 있던 회사 지급 포스트잇에 아래와 같이 적어 제일 뒤편 창 측 승객에게 눈을 마주치며 살며시 전달하였다.

포스트잇에는 다음과 같이 적혀 있었다.

"앞쪽으로 전달해 주세요, 잠시 후 급강하, 기울기 급해지면 공격"

"제일 앞쪽 창 측 어린이 승객, 쪽지 받으면 기지개 요망"

*[1] 객실승무원이 승객으로부터 음료나 식사 주문을 받는 행위

뒤쪽에 앉아있던 창 측 승객은 메모 쪽지를 보고 바로 앞쪽의 승객에게 전달하기 시작했고 다시 앞쪽으로, 앞쪽으로, 계속해서 창 측 승객들끼리만 은밀히 전방으로, 마치 뱀이 먹이를 사냥하기 전 소리 없이 접근할 때와 유사한 방법으로 차근차근 미끄러지듯이 전달되고 있었다.

이때 뒤쪽에 누워 있던 홍 사무장은 테러범이 혼자가 아니라는 분명한 확신이 있었고 앞쪽 남자 승객들이 일시에 김홍도를 공격할 때 뒤에서 김홍도를 제압하려는 남자 승객에게 치명적인 공격할 수 있는 범인의 일행이 누구인지 유심히 살펴보고 있었다.

"테이저건은 틀렸고 어떤 것으로 공격할까?"

홍 사무장이 이선자 승무원에게 자문했다.

"사무장님, PO2 Bottle Potable Oxygen Bottle *1은 어때요?"

이선자 승무원이 홍 사무장에게 대답했다.

"PO2 버틀보다는 할론 소화기 Halon Type Fire Extinguisher *2가 휘두르기 좋고 만일의 경우를 대비해서 소화액을 발사할 수 있어서 더 좋지 않을까요?"

"어떻게 생각하세요."

홍 사무장이 이선자, 박미선 승무원에게 물었다.

"공격하기는 손도끼 Crash Axe *3가 제일 좋을 것 같은데,"

"그게 조종실에만 있잖아요."

"사무장님 지금은 테러범을 가격하고 소화액을 뿌릴 수 있는 할론 소화기 통을 사용하는 게 제일 좋은 것 같네요."

이선자, 박미선 승무원이 동시에 대답하였다.

"그럼 이선자 승무원께서는 오버헤드 빈에 있는 할론 소화기 한 개를 얼른 가져다주세요"라고 홍 사무장이 말했다.

"아니…. 사무장님."

"말도 안 돼요."

"그런 몸으로 지금 범인을 공격하시게요?"

"안 됩니다."

"차라리 제가 하겠습니다." 이선자 승무원이 말했다.

"노, 노."

"제가 하는 것이 맞습니다."

"저는 군대 경험도 있고 비록 총상은 입었지만, 아직 살아 있잖아요."

*[1] 휴대용 산소공급장치로 감압이나 기타 승객 위급상태 시 승무원이 산소를 공급하기 위해 휴대하고 다니는 산소통으로 휘둘러 머리를 치면 기절할 정도의 무게와 길이가 됨.

*[2] 무색, 무취의 할론가스가 철제 통에 담겨 있는 빨간색 소화기로 소화액을 얼굴에 발사할 경우 질식할 위험이 있다. 지상에서는 대기오염의 위험성이 있어서 사용하지 않고 비행기 내 화재에만 사용한다.

*[3] 비행기에 탑재되는 도끼로 화재진압을 위해 화장실 문을 부술 때 사용할 수 있으나 상당히 위험해서 객실에는 탑재가 안 되고 조종실에 1개 비치되어 있다.

"근력, 순발력도 좋고."

"그리고 만일 우리 의도대로 범인들이 제압된다면 타이 랩Tie wrap*1과 승객용 노란색 구명조끼, 승무원용 빨간색 구명조끼 몇 개 준비해 주세요."

"걱정해 주셔서 고맙습니다." 홍 사무장이 말했다.

"사무장님 여기 할론 소화기 있습니다."

"사용하실 것 같아서 안전핀은 미리 뽑아놨습니다."

"근데 승객용, 승무원용 구명조끼는 왜요?" 홍 사무장의 요청에 오버헤드 빈에서 할론 소화기를 가져온 이선자 승무원이 말했다.

"아…. 만일 범인들이 제압된다면 타이 랩으로 양손, 양발을 묶어놓고 구명조끼를 머리에 씌운 후 팽창시켜 신체활동 범위를 제약할 수 있거든요."

"또한, 우리 공격이 성공해서 착륙하게 되면 나중에 우리 승객과 테러범을 구분할 수 있는 좋은 표식이 될 겁니다."

"다친 승객들은 노란색 구명조끼를 입혀주시고 테러범은 빨간색 구명조끼로 입혀주시기 바랍니다. 그리고 움직임이 둔하게끔 손잡이를 당겨 미리 부풀려 주세요."

"그리고 혹시 다른 일행이 폭탄을 가지고 있을 경우를 대비해 LRBL Least Risk Bomb Location*2을 확보해 주시기 바랍니다."

홍 사무장이 박미선, 이선자 두 명의 여승무원에게 주문했다.

"예."

"알겠습니다. 사무장님."

"신속히 준비하도록 하겠습니다."

이선자, 박미선 승무원이 대답한 후 홍 사무장이 지시한 사항을 재빠르게 수행하고 있었다.

이윽고 쪽지는 제일 앞쪽 창 측에 앉아있던 어린이 승객과 부모에게 전달되었고의 내용이 뒤에서 앞쪽으로 전해짐에 따라 기습공격 내용을 알게 된 앞쪽의 남자 승객들은 테러범 김홍도를 공격 기회를 잡기 위해 비행기 전방 쪽 행동을 뚫어지게 주시하고 있었고 비록 몇 분의 시간이 흐르고 있었지만 긴박한 긴장감에 공격 준비를 하고 있는 그들의 입에 침이 바짝 마르며 혀가 타들어 가는 고통을 느끼게 되었다.

*[1] 일반적으로 전선을 묶어서 정리하는 플라스틱 묶음 장비이나 비행기에 난동 승객이나 테러범을 제압한 후 손발을 구속하는 보안 용구로 탑재된다.

*[2] 비행기에서 폭탄이 폭발할 경우 비행기에 최소한의 피해를 줄 수 있는 구역을 말하며 보통 오른쪽 제일 뒤편 도어를 말한다

급강하하는 미래항공 2708

쪽지는 양춘자의 감시를 피해 마침내 제일 앞쪽으로 은밀히 전달되었고 10번 열에 착석해 있던 부부 승객이 데리고 있는 창 측 어린이 승객에게 기지개시키기 시작했다.

"엄마, 저번에 수술받은 어깨가 너무 저려."

"팔을 올려봐."

"이렇게,"

"하나, 둘, 셋"

"잘하네."

"쭉 뻗으면 조금 나아질 거야."

"아이 잘하네. 쭉 뻗어."

"쭉"

"쭈 욱"

엄마의 말을 듣고 제일 앞쪽 창 측에 앉아 있던 어린이가 기지개를 켰고 이를 뒤쪽에서 지켜보던 이선자 승무원이 이러한 신호를 놓치지 않고 재빨리 갤리에 설치된 비상벨로 조종실에 신호를 보냈다.

"찌직"
"찌직"
"찌직"

객실에서 보낸 비상벨 신호가 조종실 뒷부분 오버헤드에 있는 경고등을 빨간색으로 점멸시키며 날카롭게 울리기 시작했다.

뒤 갤리 안에 있던 홍 사무장, 박미선, 이순자 승무원은 마음속으로 간절히 외쳤다….

"기장님."
"지금입니다."
"급강하하세요."
"빨리요, 기장님."
"제발."
"기수를 내리세요!"
"빨리요!"

조종실에서는 홍 사무장의 요구에 따라 이미 급강하를 하기 위한 VFR Visual Flight Rule: 기장이 계기에 의지하지 않고 직접 눈으로 보면서 조종하는 것. 조종을 대비해 모든 준비를 마친 상태였고 뒤 갤리에서 조종실로 보내는 비상벨 소리를 듣자마자 강서국제공항 관제탑에 긴급히 연락하였다.

"메이데이, 메이데이, 메이데이Mayday[*1]"
"3천 피트까지 긴급 강하Emergency descent 시작하겠습니다."
박 기장이 강서국제공항 관제사에게 말했다.

"롸져, 미래항공 2708편 3천 피트까지 Emergency descent 허락합니다."
"주변 항공기 전부 이동시켰으니 가능한 방법을 모두 사용해 보세요."
"Good Luck 미래항공 2708"
강서국제공항 관제사가 박 기장에게 대답하였다.

이에 박 기장은 부기장에게
"FCU AP 해제[*2]"
"Fasten Seatbelt sign on and I got!"[*3]
"Emergency Decent!"
"Emergency Decent!" 외치면서 조종간을 급격히 전방으로 밀기 시작하였다.

"우 웡"
"우 웡"
Fly by Wire[*4]형식으로 조종되고 있던 현대식 비행기인 미래항공 2708편 B737-800은 조종사의 거친 급강하 요구에 두 개의 엔진이 야생의 늑대처럼 사납게 반응하더니 이내 수평비행을 포기하고 기수를 지면을 향해 45도 각도로 급격히 곤두박질치기 시작하였다.

이때 비행기 객실 전방에서는 여전히 김홍도가 강숙희 승무원을 인질로 잡고 있었고 어깨에 총상을 입은 중년 여성 승객은 여전히 바닥에 뒹굴며 신음을 하고 있었으며 갑작스러운 테러범의 올려 차기로 안면을 강타당한 남자 승객 역시 혀가 잘려나가 입에서 피를 펑펑 뱉어내고 있었다.

전혀 예상할 수 없었던 갑작스러운 비행기의 급강하로 인해 기체가 수평 상태에서 약 45도 각도로 기울고 지상을 향해 거침없이 돌진하자 유격 훈련으로 하체가 단련된 김홍도도 더는 선 채로 버틸 수 없었다.

권총을 손에든 김홍도와 목 졸림을 당하고 있던 강숙희 여승무원은 조종실 문 쪽으로 곤두박질치듯 밀려들어 쓰러진 후 꼼짝없이 머리만 조종실 문에 기대는 형태가 되었고 어깨에 총상을 입어 바닥에 쓰러져 있던 중년 여성과 혀가 잘린 남자 승객 역시 비행기의 급강하로 인해 누워 있는 채

*1 항공기가 통제 불능의 위협 상태에 있을 때 이를 지상 관제탑에 알리기 위해 사용하는 조종용어

*2 Auto Pilot의 약자: 비행기의 자동조정을 위해 조종석 전면에 설치된 장치이며 해제하면 조종간을 이용하여 수동으로 비행기 상승, 하강시킬 수 있다. 한 번 누르면 설정, 또 한 번 누르면 해제된다.

*3 승객의 머리 위에 설치된 벨트 사인을 켜고 지금부터 기장이 조종할 테니 부기장은 조종간에서 손을 떼라는 이야기

*4 플라이바이 와이어;항공기를 조종할 때 조종 기기를 전선으로 연결하여 유압 장치나 모터를 컴퓨터가 제어하도록 하는 조종 방식으로 현재 대부분 비행기는 이러한 방식으로 작동된다.

비행기 앞쪽으로 해조류가 마치 거친 파도에 휩쓸려가듯 자신의 의지와 관계없이 조종실 출입문 쪽으로 휩쓸려 내려가고 있었다….

"어머"
"어 어"
"비행기가 왜 그래."
"아빠 꼭 잡아."
"우리 추락하나 봐."
"하나님 살려주세요."
"악"
"엄마 무서워."
"여보!"

갑작스러운 비행기의 급강하에 승객들의 비명이 비행기 객실 전체를 휘감고 있었고 객실 내 테러 때문에 아직 정리되지 못한 갤리 내 커피포트, 음료수, 카트 등 기내서비스에 사용하는 여러 가지 기물들이 한꺼번에 비행기 복도로 와르르 쏟아져 나오게 되면서 "우당 탕탕, 쿵, 쿵" 요란한 소리를 내었다.

"이거 뭐야!"
"이 간나 새끼들."
"너희 지금 뭐하는거야, 썅."

김홍도가 조종실 문에 기대어 쓰러져 있는 채로 강숙희 승무원의 목을 놓지 않고 외쳤다.

"여러분 지금입니다."
"뛰어나가 저놈을 잡아주세요."
제일 앞쪽 좌석인 10D에 착석했던 용감한 남자 승객의 외침을 듣고 공격 시기만 보고 있었던 앞쪽 2명의 남자 승객들이 한꺼번에 몸을 날려 김홍도를 덮치게 되었다. 이 순간,

"탕"
"탕"
두 발의 총성이 또 한 번 비행기 객실에 퍼져나갔다.

"악"
"윽"
불의에 맞서 용기를 낸 맨 앞의 남자 승객과 두 번째로 뛰쳐나간 승객이 각각 두 손으로 자신들의 가슴과 얼굴을 감싸며 쓰러졌고 비행기가 앞쪽으로 상당히 기울어진 상태라 권총탄으로 가슴과 얼굴을 뚫린 두 남자 승객은 그대로 김홍도와 강숙희 승무원 쪽으로 포개지게 되면서 맨 아래 김홍도, 강숙희, 남자 승객 2명의 순으로 상당히 기울어진 조종실 문 앞에 차곡차곡 쌓여 있었으며 중년 여성 승객과 김홍도의 킥을 맞아 혀가 잘린 남자 승객은 각각 좌석, 갤리 구조물을 붙잡고 간신히 버티고 있었다.

사실 테러범 김홍도는 무게로 치자면 3명의 성인에 의한 약 200kg의 무게에 짓눌린 상태였고 이러한 상태에서는 아무리 공격성이 강한 테러범이라도 저항하기가 힘든 상태임

을 알아챈 세 번째 남자 승객이 재빨리 김홍도의 손목에서 권총을 낚아채려고 하였으나 중국에서 유격훈련과 특공무술로 단련되었고 아무런 상처를 입지 않아 자신의 체력을 온전히 유지하고 있던 김홍도의 재빠른 발놀림을 당해낼 수 없었다.

김홍도가 힘을 다해 달려드는 세 번째 남자 승객의 성기 부근을 발로 힘껏 가격하자 세 번째 승객은 남자 중심부위를 정통으로 얻어맞은 후 정신을 잃고 바닥에 내동댕이쳐지게 되었다.

이때 뒤쪽에서 비행기 객실의 광경을 보고 있던 37C 양춘자가 위기에 처한 김홍도를 구하기 위해 호시탐탐 기회를 보다가 남자 승객들의 이러한 행동을 보고는 즉시 자신의 상체에 걸쳤던 환자 가운을 벗어내고 마치 성서에서 예수님이 축복기도를 해주자 벌떡 일어나 걸은 앉은뱅이 남자처럼 45도 기울어진 비행기 앞쪽을 향해 미끄럼틀을 타듯이 힘차게 슬라이딩하여 비행기 전방 조종실 근처로 다가가며 주변 승객들에게 마치 펄펄 끓던 유리병이 갑자기 터지는 소리를 내며 소리쳤다.

"이런 애미나이 간나 새끼들아."

"니들 다 죽고 싶네!"

"그렇게 황천길 가고 싶다면 내가 동무해 줄게!"

하며 자신의 복부에 숨겨두었던 폭발물과 기폭장치를 보여주고 승객들에게 거친 음성을 정글의 하이에나처럼 앙칼

지게 내뱉었다.

"나…. 양춘자야."

"지금부터 한 명이라도 손, 발, 머리 움직이면 너희들 모두 저세상 가는 거야."

"심심한데 우리 지옥으로 같이 가볼까!"

"남조선 새끼들 내 이럴 줄 알았어."

"너희들 덤빌 놈들은 전부 덤비라우!"

이때 뒤 갤리에서 이러한 상황을 유심히 지켜보던 홍 사무장이 총상을 입은 몸을 간신히 일으키며 이선자, 박미선 승무원에게 말했다.

"역시 저 승객, 휠체어 장애인 승객이 아니었구나…."

"휠체어는 폭발물을 숨기기 위한 도구였네."

"거봐요 일행이 있었다니까…."

"내가 지금 공격할 테니 그 틈을 이용해서 코트 룸에 있는 테이저건과 타이 랩을 꺼내주세요."

"만일 내가 실패하면 더 어떻게 해볼 도리가 없으니 그냥 자리에 앉아서 테러범이 시키는 대로 요구에 응해주시기 바랍니다."

"사무장님 정말 괜찮으신가요? 저, 무서워요."

"네, 말씀하신 대로 하겠습니다."

이선자 승무원이 벌벌 떨며 작은 목소리로 말했다.

"어차피…. 가야만 할 길"

"먼저 갑니다."

이선자 승무원이 찾아준 기내 할론 소화기 통을 거꾸로 쥔 후 알 듯 모를 듯한 혼잣말을 마친 홍 사무장은 급강하로 인해 상당히 기울어진 기체를 이용하여 양춘자 여자 승객보다 훨씬 더 빠른 속도로 뒤편에서 앞쪽으로 미끄러지듯이 온 힘을 다해 슬라이딩했다.

앞에서 승객들을 대상으로 폭탄 위협을 하고 있던 양춘자는 홍 사무장이 뒤편에서 몸을 날리는 것까지는 살짝 보았으나 왼쪽 눈 뼈가 심하게 부어올라 잘 보이지도 않고 총상을 입은 사람이 이렇게 순식간에 자신의 앞쪽으로 다가올 줄은 꿈에도 몰랐다.

양춘자 그녀는 앞쪽에서 사망했고 기절해서 포개진 남자 승객들을 엉덩이로 깔고 앉아 주변 승객들을 폭발물로 위협하고 있었으나 45도로 급격히 기울어진 기내 공간을 이용하여 배트맨처럼 순식간 뒤에서 앞으로 미끄러져 간 홍 사무장이 피할 틈을 주지 않고 그녀의 머리를 소화기 뒷부분으로 젖먹던 힘을 다해 가격했다.

"크"

머리를 얻어맞은 양춘자는 외마디 소리를 지르며 코와 입에서 시뻘건 혈액을 토해내기 시작하였고 홍 사무장은 머리를 가격하기 위해 거꾸로 잡았던 소화기를 재빨리 정상 위치로 바꾸어 양춘자의 안면에 엄청난 할론 소화액을 뿜어내기 시작했다.

"억"

"캑캑"

"시발"

"어떤 새끼야?"

"어억"

"크,"

홍 사무장에게 머리를 강하게 가격당해 피투성이가 된 얼굴에 할론 소화액 세례까지 받아 숨쉬기 어려웠던 양춘자는 뇌진탕과 산소 부족으로 자리에 쓰러져 절명하였다.

김홍도의 반격

김홍도의 배 위에는 5명의 승객이 널브러져서 포개진 후 중력과 체중으로 김홍도를 짓이기고 있었고 소화기 가격과 질식으로 양춘자가 즉사하자 이 틈을 이용해 홍 사무장은 군대에서 폭발물을 처리한 경험을 되살려 재빨리 양춘자의 복부에 칭칭 동여 매어져 있던 폭발물 기폭장치에서 뇌관을 제거하였다.

이어 홍 사무장은 지상으로 급강하하는 항공기의 중력가속도Gravity: 중력 영향과 강숙희 승무원 그리고 5명의 승객이 자신의 배 위에 포개져 있어 사실상 꼼짝달싹 못 하게 되었던 김홍도에게서 미래항공 2708편을 구할 수 있는 마지막 기회라고 생각하고 양춘자를 진압한 할론 소화기 통으로 다시 김홍도 안면을 가격하려고 하였으나 총상으로 인해 자신의 몸에서 혈액이 워낙 많이 빠져나갔었고 양춘자를 공격하기 위해 체력을 너무 소모한 탓에 많은 팔목에 힘이 실리지 않아 자신의 배에 포개진 승객들을 방패 삼아 소화기를 피하고자 머리를 이리저리 돌리고 있었던 김홍도에게 치명적 타격을 주지 못하였다.

"퍽"

"퍽"

하고 안면을 약하게 타격당한 김홍도는 계획적인 공격에 분을 참지 못하고 권총의 약실에 남아있던 마지막 두 발의 총탄 중 한 발을 제일 위쪽에서 자신을 공격하고 있던 홍 사무장의 머리를 겨냥하고 쏘려고 하였으나 권총 총구를 피하고자 죽을힘을 다해 이리저리 고개를 흔들어대는 홍 사무장의 회피행동 때문에 고정된 어깨에 다시 한번 발사하였다.

"탕"

김홍도가 가지고 있던 권총에서 탄환이 요란한 소리를 내며 발사되었다.

"억"

홍 사무장이 외마디 소리를 지르며 총상을 입은 어깨를 감싸고 풀썩 고개를 숙였으며 몸을 움직이지 못하는 상태가 되자 그사이 김홍도는 홍 사무장이 양춘자에게서 빼앗았던 뇌관을 다시 작동시키며 자신의 위에 등을 대며 포개져 있던 강숙희 승무원에게 소름 끼치는 웃음을 지으며 이야기하였다.

"너 지금 나하고 여러 사람 보는 앞에서 어떻게 하자는 거니?"

"니 네 나라에서는 첨보는 남자 배 위에 이렇게 살찐 여자 엉덩이를 대도 되는 거니?"

"잡스러운 년 놈들 같으니라고…."

"몇 초 안에 비행기 상태를 정상으로 돌려놓지 않으면 전부 지옥으로 보내줄게. 어떡할래?."

"지금 조종실에 소리쳐서 기체를 정상으로 돌려놔!"

"안 그러면 다 죽인다.!"

김홍도가 소리쳤다."

최선을 다해 객실 승객과 조종실을 보호하려 했던 시도가 마지막 단계에서 실패한 것을 알아챈 강숙희 승무원은 김홍도의 배 위에 등과 엉덩이를 대고 포개져 있는 상태로 머리 부근이 거의 조종실 문에 닿기 직전이었으며 조종실 문에 대고 큰소리로 외쳤다.

"기장님 실패"

"기장님 실패"

"비행기를 원래대로 돌려주세요."

"안 그러면 폭탄이 폭발합니다."

"기장 니임~!"

다급한 강숙희 신입 승무원의 외침을 들은 조종실의 기장과 부기장은 비행기를 탈취당하는 경우를 무릅쓰고 조종실 문을 열어 잠시라도 승객과 승무원 그리고 기체를 보호할 것인가, 아니면 단순한 위협으로 치부하고 조종실 문을 닫긴 채로 유지할 것인가?

심각한 고민에 휩싸이게 되었다.
다급해진 박 기장이 부기장에게 물었다.

"부기장 어떻게 할까."
부기장이 대답하였다.

"기장님 일단 기체 수평을 유지하시고 생각해보시죠."
"롸져."
박 기장이 대답하고 조종간을 당겨 기체를 지상으로부터 3천 피트 수평 비행상태로 유지 시키고 관제탑에 다급히 연락하였다.

"강서국제공항 ATC관제탑, 여기는 미래항공 2708"
"강서국제공항 ATC관제탑, 여기는 미래항공 2708"
지상에서 미래항공 비행기의 상황을 예의주시하고 있던 관제탑이 대답하였다.

"여기는 강서국제공항 ATC, 미래항공 2708 Go ahead말씀하세요."
"기내 테러범 진압 작전이 실패했습니다."
"현재 테러범 중 한 명이 조종실 문을 개방하지 않으면 기내에서 폭탄을 터트려서 자폭하겠다고 합니다."
"어떻게 하면 좋겠습니까?"
"롸져."
"잠시 대기해 주세요." 강서국제공항 관제탑이 대답하

였다.

순간 강서국제공항 관제탑 모든 관제사도 공황상태에 빠져들었다.

김홍도의 말을 듣고 조종실 문을 열면 비행기를 탈취당해 국정의 중심지인 청와대나 고층 롯데타워, 여의도 63빌딩까지 공격당할 수 있고 조종실 문을 잠근 채로 있으면 폭탄이 터져 승무원 6명, 승객 120명 총 126명이 한순간 불귀의 객이 될 수 있는 절체절명의 상태에 처해 있는 상황이었다.

결단을 내리지 못한 강서국제공항 관제실장은 다급히 항공 대테러 상황실에 전화하였다.

"따르릉, 따르릉"

"항공 대테러 상황실입니다."

"네, 강서국제공항 관제실장입니다."

"다 알고 계시다시피 현재 미래항공 2708편 객실 테러 자체 진압 작전이 실패로 돌아갔다고 합니다."

"테러범 중 한 명이 살아남아 조종실 문을 개방하지 않으면 자폭하겠다고 하는데 어떻게 하면 좋겠습니까?"

"항공사 매뉴얼은 어떻게 되어있죠?"

항공 대테러 상황실에서 차분히 관제실장에게 물었다.

"어떠한 경우라도 조종실 문은 개방하지 않게 되어있습니다."

"만일 조종실 문을 개방하면 어떤 경우가 생기나요?"

다시 항공 대테러 상황실에서 물었다.

"2001년 911테러 때처럼 청와대나 고층 롯데타워, 여의도 63빌딩까지 공격당할 수 있을 것으로 추정됩니다."

이에 항공 대테러 상황실에서는
"테러범의 목적이 청와대나 다른 시설물이 아니고 단순히 항공기와 승객들 국외 납치인 경우 조종실 문을 개방하면 승객도 살고 모든 시설물도 안전하지 않을까요?"
"일단 착륙시키고 이후에 협상에 응하면 어떨까요?"
"만일 테러범들의 목적이 청와대나 국내 시설물 파괴면 비행기가 그쪽으로 접근해야 하지요?"
항공 대테러 상황실에서 다시 의문을 제기하였다.

"네, 목표지점을 민항기로 공격하기 위해서는 당연히 그렇습니다."
"그러면 비행기의 헤딩을 그쪽으로 돌려야 하는 것은 맞습니다."
강서국제공항 관제탑 관제실장이 대답하자 항공 대테러 상황실은

"국외로 진행하면 상황을 지켜보고 국내 청와대나 시설물 쪽으로 접근하게 되면 그때 요격해서 격추하는 것은 어떨지요"라고 물어보았다.

"그렇기는 하지만 테러범의 의중을 정확히 알 수 없어서요…."

"지금은 모든 탑승객의 생명이 귀중하니,"

강서국제공항 관제탑 실장이 말꼬리를 흐리자

"테러범의 목표를 다시 한번 확인한 후 결정하시지요."

일단 항공 대테러 상황실의 대답은 좀 더 지켜보자 였다.

"롸져, 잘 알겠습니다."

강서국제공항 관제실장이 대답하였다. 전화기를 끊은 후

"피랍 항공기 호출해."

관제실장은 관제사에게 명령하였고 강서국제공항 관제탑은 미래항공 2708편을 호출하였다.

"여기는 강서국제공항 ATC, 여기는 강서국제공항 ATC"

"미래항공 2708"

"미래항공 2708"

두 번째 호출하자 미래항공 2708편 조종실에서 답신이 들어왔다.

"여기는 미래항공 2708, 강서국제공항 ATC Go ahead말씀하세요."

강서국제공항 ATC가 대답했다.

"현재 상황이 너무 엄중해서 항공 대테러 상황실과 연락을 해보았는데"

"테러범들의 의중을 정확히 몰라 결정 못 했습니다."

"목적이 정확히 뭡니까?"

관제실장의 질문에 박 기장이 대답했다.

"아…. 테러범들이 비행기를 납치해 중국 모처에 착륙시킨 후 승객과 비행기를 인질로 잡아 대한민국 정부와 모종의 협상하려는 것 같습니다."

"그러면 단순한 살상행위가 아니라 항공기와 승객을 중국으로 납치하려는 것이죠?"

관제탑이 재차 물었다.

"네."

"제가 보기에는 그런 것 같네요." 박기장이 대답하자 강서 국제공항 ATC에서는

"그럼 객실의 진압행위가 실패한 이상 승무원과 승객의 안전을 위해 일단 조종실 문을 그네들의 요구대로 개방하는 것은 어떨까요?"

"단순 협상용 납치라고 파악되니 말이죠."

"저희는 현장의 상황을 잘 모르니 기장님께 조언만 드리는 것이고"

"최종 판단은 기장님이 하시는 게 좋을 것 같습니다."

"다시 한번 말씀드리지만, 마지막 판단은 기장님이 하시는

게 좋을 것 같습니다"

"만일 단순 납치가 아닌 대한민국 청와대나 시설물을 파괴할 목적으로 판단되면 전투기를 이륙시켜 공중요격해 격추할 예정입니다."

"그러면 지상에서는 결정 못 하고 저한테 맡기신다고요?"

"제가 판단해야 하는 것인가요?"

"네 그렇습니다" 강서국제공항 관제사가 대답했다.

"아,"

박 기장의 입술이 새파랗게 질리며 파르르 떨고 있었다.

"롸져. 알겠습니다."

자신도 뾰족한 방법이 없는 박 기장이 영혼까지 떨리는 듯한 목소리로 조용히 강서국제공항 관제사에게 대답했다.

조종실 개방

조종실에 무거운 침묵이 흐르고 있었고 그동안 강서국제공항 관제탑 무선교신을 하고 있었던 박 기장, 부기장에게는 불과 찰나의 시간이었지만 영겁처럼 너무나도 긴 시간처럼 느껴졌다.

이윽고 박 기장이 부기장에게 말문을 열었다.

"헤딩Heading*1 270투,세븐,제로"

"네?"

부기장이 깜짝 놀라며 박 기장에게 물었다.

"헤딩 270투,세븐,지로 Set, 맞으신거죠?"

*1 기수 방향

하지만 박 기장은 부기장의 질문에 아무런 대꾸 없이 재차 항공기의 기수를 돌리도록 부기장에게 요구하였다.

"기장님 이렇게 하면 다시 강서국제공항 쪽으로 다시 돌아갑니다."

"현재 연료도 충분하지 않고 헤딩을 270도로 세팅하시면 한반도를 가로질러 가는 것은 아시죠?"

부기장이 물었다.

"응."

"알고 있어, 그러니 내가 지시한 대로 기수를 270도 방향으로 돌린다."

박 기장이 대답하였다.

부기장이 아무 대답 없이 왼손으로 FCUFlight Control Unit*2의 헤딩 노브를 왼쪽으로 돌려 270에 맞추었다.

그 순간 박 기장이 부기장에게 청천벽력 같은 지시를 하였다.

"조종실 문 로크Lock한 것 풀어."

"기장님"

"기장님 이러시면 절대 안 됩니다."

"이러면 테러범에게 비행기를 넘기시려는 행위와 같습니다."

"저는 반대입니다."

"저희는 교육받을 때 테러범에 굴복해서 조종실 문을 절대 개방해서는 안 된다고 회사의 지시를 받았습니다."

"아무리 기장님이시라고 해도 안 되는 것은 안 되는 겁니다."

"저는 반대입니다"

"다시 한번 말씀드리지만 저는 반대입니다"

부기장이 강하게 자신의 의견을 어필하였다. 이어 박 기장이 나지막하지만 강한 어조로 부기장에게 말했다.

"부기장"

"지금 내가 하려는 것 그리고 우리가 해야 할 일은 우리 비행기를 이용해 주신 죄 없는 승객과 승무원 그리고 우리 자신을 보호하려는 것이야."

"테러범의 요구대로 조종실 문을 개방하지 않으면 즉시 폭탄이 터져 애꿎은 승객과 승무원이 한 방에 공중에서 날아갈 것이고 만일 우리가 조종실 문을 열면 그래도 이야기나 협상해 볼 여지는 있지 않나?"

"그리고 아까 남자 테러범 그 인간 기내방송처럼 우리 비행기를 중국으로 납치하는 게 목적이었다고 하지 않았나?"

"어떻게 생각해?"

"나는 이게 바르다고 생각하는데."

"이젠 선택의 여지가 없잖아"

*1 조종 계기판을 모아놓은 판

박 기장이 부기장에게 상황을 설명하고 조언을 구했다.

"……"

부기장은 앞쪽에 있는 조종실 FCU 계기만 바라보며 묵묵부답이었다.

"……"

잠시 후 부기장은 비행기의 기수를 270도로 세팅하였던 버튼을 다시 한번 눌러 컨펌 하였고 왼손으로 잠겨 있던 조종실 도어의 자동걸쇠를 눌러 풀어주었다.

"찰칵"

조종실 문의 잠금장치가 개방되면서 조종실 문 오른쪽 외부 기둥에 설치되어 있던 키패드의 알림 신호등이 빨간색에서 초록색으로 바뀌었다.

"진즉 이렇게 했으면 애꿎은 승객이 안 죽었잖아."

"문 열어."

"문 열라니까!"

김홍도가 조종실 문 앞에 포개져 있던 남자 승객의 시신과 두 발의 총상을 입어 부상으로 몸을 움직이지 못하는 홍사무장의 몸을 쓰레기 치우듯 발로 치우며 강숙희 승무원에게 요구하였다.

잠시 후 강숙희 승무원은 손을 뻗어 간신히 조종실의 문을 개방하였고 문이 열리자 김홍도가 강숙희 승무원을 밀어 제쳐버리고 양춘자의 몸에서 제거한 폭탄 띠와 기폭장치인 뇌관 스위치를 들고 조종실에 진입하였다.

“미래항공 항공 조종사 이 간나 들아.”
“너희들 때문에 가엾은 승객들만 죽었잖아.”
“승객들의 목숨이 아깝지도 않네!”
“사람이 말을 하면 진즉에 말을 들어야지.”
“무식한 놈들”
“나는 김홍도라고 함네.”
“지금부터 내가 하는 말을 따르지 않으면 모두들 즉사하는 줄 알아야 함네.”
“꼼수 피지 말고 내 말 들으라우.”
“먼저 비행기 기수를 서울 쪽으로 돌리고 우리의 최종 목적은 중국 웨이하이 근처 우리가 만들어 놓은 공항에 착륙하는 것이니 그리 암세.”
“알아들었으면 빨리 기수 돌려.”
“조종사 이 간나 자식들” 김홍도가 흥분해서 외쳤다.

“자…. 보시다시피 우리 비행기는 동해 상공에서 기수를 돌려 서울을 향하고 있습니다.”
“앞으로 11분 후 강서국제공항 상공에 도착합니다.”
“비행기 방위각 보세요, 270도 맞죠?”
박 기장이 김홍도에게 확인해 주듯이 선회하고 있는 비행기 날개 모습과 조종실 내 자세계Attitude Indicator*1 및 방향지시기를 가리키며 말했고 이어 김홍도가 입에 거품을 물며 소리쳤다.

"그리고 조종사 너희 놈들 섣부른 장난치다간 너희 머리에 총알구멍이 나고 뒤쪽 승객도 한꺼번에 폭사하니 그런 줄 알아."

"간사한 놈들"

"지금부터 내 명령에 따라서만 무전 응답을 한다."

"허투루 무전을 치고 장난치다간 그땐 니들 모가지 없어질 줄 알아!"

"알았네!"

김홍도가 크게 소리를 지르자 마지못해 박 기장과 부기장은 동시에 모기만 한 소리로 대답했다.

"네."

"네."

미래항공 2708편 Boeing 737-800 비행기는 조종석의 헤딩Heading*1 수정에 따라 동해 상공에서 크게 타원형 궤적을 그리며 회전하고 있었고 양양공항 착륙 대신 서울로 향하고 있었으며 잠시 후 속초 상공을 지나게 되었다.

속초항 부근에서 근처를 지나가는 비행기의 항적을 감시하는 육군의 대공초소에서 초소원이 이상한 비행물체가 비정상적 낮은 고도로 접근함에 따라 대공 감시 본부에 보고하게 되었다.

"여긴 속초 28번 대공초소"

"본부 나오시오."

"여기는 본부 대공초소 말하라."

"민간항공기인 것 같은데 지금까지 볼 수 없었던 이상한 비행궤적을 가지고 속초항 쪽으로 접근하고 있습니다."

"확인해 주실 수 있겠습니까?"

잠시 후 본부에서 연락이 왔다.

"여긴 대공본부, 28번 대공초소"

"여긴 대공본부, 28번 대공초소 응답하라."

"28번 대공초소입니다."

"현재 초소에서 파악한 비행기는 민간항공기이며 공중 피랍상태이고 서울 근방인 안양 상공에서 요격할 예정이니 대공화기 발사하지 말고 그냥 통과시킬 것"

"네. 충성!"

"알겠습니다."

"무장수, 탄약수 다들 들었지 조준했던 조준기와 무장 풀고 그냥 통과시켜."

대공화기 초소장이 말했다.

*[1] 조종사에게 기체가 좌, 우, 위, 아래로 움직이는 형태를 지시해 주는 비행 계기. 정상적 비행상태일 경우 윗부분은 하늘색 아랫부분은 고동색으로 나타난다

*[2] 기수 방향

요격 전투기 발진

이 시각 한반도의 중심 청주공항에서는 대통령의 지시로 새롭게 도입되어 한국항공우주산업 KAI에서 개량한 피스아이 Peace Eye AWACS[*1] 한 대가 군 활주로를 박차고 대한민국 중부 상공으로 가파르게 상승하고 있었으며 요격준비에 나서는 F-35A 스텔스 전투기 2대가 날개 아래 무장 위치인 파일론 Pylon[*2]에 AIM-120 중거리 암람 공대공 미사일을 1발과 단거리 공대공 미사일인 사이드와인더[*3] 2발을 장착하고 유사시를 대비하여 20mm 구경 기관포에 예광탄[*4]을 가득 적재한 채 단발 엔진을 가동하며 긴급발진 스크램블Scramble 대기 상태에 있었다.

전투기 편대장인 김소령과 윙맨Wing man[*5] 박 대위는 조종석에 앉아서 시시각각으로 바뀌는 미래항공 2708편의 위치와 상부의 출격명령을 기다리며 관제탑과 교신하고 있었다.

"여기는 관제탑, 독수리 1호기 응답하라."
"여기는 독수리 편대" 편대장인 김소령이 대답하였다.

"현재 납치당한 미래항공 2708편 헤딩 095, 고도 1만 5천 피트, 속도 750km/h로 동해 속초 상공에 진입하였음."
"긴급발진 명령받는 즉시 출동할 수 있도록 준비 바람."

"독수리 편대 알겠음. 롸져."

전투기 편대장 김소령은 옆에서 대기하고 있던 박 대위에게 수신호로 이륙 준비 신호를 하였고 박 대위는 신호를 받자마자 이륙 전 체크리스트를 보면서 비상 출격 마지막 준비

*1 Airborne Warning and Control System: 흔히 조기경보기라고 한다. 공중감시, 조기경보 및 방공관제업무를 공중에서 수행하는 비행기, KAI : 한국항공우주산업

*2 전투기 날개 아래에 미사일이나 폭탄을 달 수 있도록 만든 장치

*3 영상 적외선 추적 방식의 최신 단거리 공대공 미사일. 조종사 헬멧에 장착된 헬멧 장착 자동 조준장치와 연동되어 조종사가 눈으로 확인할 수 있는 모든 공중 표적에 공격 가능하며 미사일이 방울뱀처럼 이리저리 움직이며 목표에 다가간다고 해서 사이드와인더라고 명칭을 받았다.

*4 전투기 기관 총구를 떠난 실탄의 궤적을 알 수 있도록 오렌지색 불꽃을 보이도록 제작한 총탄

*5 전투기가 임무를 위해 출동 시 항상 2대 이상으로 조를 짜서 출동하는데 윙맨은 약간 뒤쪽에서 앞쪽 편대장을 호위하는 임무를 하는 조종사를 말한다.

를 하고 있었다.

"제발 공대공 미사일을 발사하는 경우가 없었으면 좋겠는데…."

박 대위는 혼잣말하며 전투기에 장착된 미사일과 기관포 점검 절차에 착수했고 여러 장비 점검을 하면서 머릿속으로 생각했다.

"이번 민항기 요격 임무는 군산, 광주 기지에 배치한 F-16K나 F-15K 전투기가 더 쉽게 요격을 할 수 있는데 굳이 도입하지 얼마 안 된 신형 전투기인 F-35A를 임무에 투입하는 이유는 뭘까?"

4년 전 2021년 미국 주도 일본, 호주, 인도 다자협력체인 쿼드Quad가 결성되었고 가입국들이 2025년 중국에 대한 협력체 경제 봉쇄 행동을 활성화하면서 중국이 남중국해에서 고립되게 되었다. 이러한 긴장의 상승곡선에 한 획을 더한 것이 해당연도 호주, 영국, 미국 3개국이 출범시킨 오커스AUKUS.였다.

쿼드가 공동의 비전 증진과 평화, 번영, 경제 활성화 보장에 헌신하는 그룹이라고 한다면 오커스는 안보, 국방에 중점을 두고 호주, 일본을 앞세워 중국의 남중국해 장악을 사전에 차단하고 이를 바탕으로 해양진출을 하려는 그들의 계획을 완벽하게 무산시킬 수 있는 핵 펀치라고 할 수 있었다.

거기에다 추가로 2021년 당시 미국 의회에서도 대한민국에 전술핵 배치라는 초강경 방침으로 다시 입장을 선회했었고 그 결과로 작년 2024년에 한반도 남쪽 서해 부근에 배치된 추가 전술 핵무기는 일대일로를 외치며 대만의 흡수통일을 줄기차게 주장해온 중국의 입장을 매우 당혹스럽게 하고 있었다.

현재 대한민국 정부도 입장이 곤혹스러워 아직도 확실하게 서방, 중국 진영 중 어느 쪽에 적극 가입을 하진 않았지만, 이번 민간항공기인 미래항공 2708편 납치 시도 사례가 중국 또는 북한의 소행이라고 추정해 피치 못해 요격, 격추할 경우가 발생한다면 국제적, 국내적 리스크를 판단하여 요격한 비행기의 기체가 드러나지 않아 후환이 없는 즉 주변국 어느 나라에서도 레이더로 볼 수 없는 스텔스 전투기인 F-35A가 적당하다고 대한민국 정부는 판단했었기 때문이었다.

청주공항은 원래 공군소속 제17전투비행단에서 운영하던 기지였는데 중부지방 여객기 수요가 많아짐에 따라 1997년부터 민간항공기도 운용할 수 있도록 정부에서 목적을 바꾼 공항이었다. 청주공항에서 발진한 전투기는 이륙 즉시 서해와 휴전선 근처까지 순식간에 접근 비행할 수 있는 장점이 있어서 남침하는 북한군의 공군기와 서해를 침범하는 중국 비행기를 견제할 수 있으며 멀리는 울릉도와 독도까지 작전반경에 넣을 수 있는 핵심 공군기지이고 지리적으로도 서울에서 불과 120km 정도 떨어져 있어 민간항공기를 위한 용도 보다는 군사적 용도로 사용되어야 적절한 공항이라고 할 수 있다는 의견이 다수이어서 제주, 김해공항처럼 민간 항공사가 적극적으로 이용하게 된 지는 불과 몇 년 되지 않았다.

F-35A 김소령과 윙맨 박 대위가 여러 생각에 잠겨 있을 무렵 갑자기 귀를 때리는 청주 군軍 관제탑의 목소리가 흘러나오게 되었다.

"독수리 편대 스크램블비상 출격."
"독수리 편대 스크램블비상 출격."
"즉시 이륙해서 항공기 기수를 방위각 320, 고도 3만 3천 피트로 급상승할 것"
"롸져."
김소령이 관제탑의 지시에 대답하였고 이미 지상에서 비상 출격 대비해 바퀴 제어장치인 초크를 제거한 뒤라 조종석 왼쪽에 있는 스로틀을 약간 밀어내자마자 배기구에서 시뻘건 화염을 뿜으며 F-35A 전투기가 힘차게 움직이기 시작하였고 곧이어 윙맨 박 대위도 즉각 이륙을 위해 발진하였다.

이륙 준비를 도와준 정비사와 무장사의 경례도 받는 둥 마는 둥,
김소령과 박 대위가 조종간을 잡은 F-35A 전투기는 한시가 급한지라 이륙할 활주로를 향해 규정 속도보다 상당히 빠른 속도로 택싱TAXING하고 있었다.

활주로에 다다르기 전 군 관제탑에서 다시 한번 무전이 도착하였다.

"독수리 편대 클리어 투 테이크오프.Clear to take off."

"신속 이륙할 것."

활주로에 도착한 김소령이 연이어 도착한 박 대위의 전투기가 자신의 옆에 도착해 정대 위치[*1]에 있음을 확인하고 박 대위를 바라보며 조종 장갑을 낀 채 검지로 앞으로 향하자는 신호를 한 뒤 왼손으로 조종실에 장착된 스로틀을 최대한 앞으로 밀자 가동되고 있던 엄청난 출력의 제트엔진에 탑재된 연료가 추가로 쏟아지며 최대 추력을 발생시켰고 이어 애프터 버너AB, After Burner[*2]가 작동되면서 두 대의 F-35A 전투기 후미 배출구에 엄청난 파란 용접 불 꽃을 만들어내고 있었다.

"윙"

"윙윙"

"쉬 쉬잉"

"쉬 쉬잉"

두 대의 F-35A 전투기는 배고픈 근육질 독수리처럼 힘차

*1 활주로 중앙선에 이륙할 비행기 기체를 일체 시키는 것

*2 전투기의 배출구에 한 번 더 연료를 부어 속도를 최대로 얻는 장치. 주로 가속할 때 사용하며 속도를 얻는 대신 연료 소비가 상당함

게 활주로를 박차고 날아올랐고 이어 김소령과 박 대위가 각자 전투기 조종간 스틱을 뒤쪽으로 힘껏 당기자 2대의 전투기는 새파란 창공을 향해 거의 90도 수직에 가까운 각도로 급상승하기 시작했다.

이어 김소령이 관제탑에 현재 상황을 보고했다.

"관제탑 여기는 독수리 편대"

"고도 3만 3천 피트까지 상승 후 헤딩 270."

"롸져."

"시야에 미래항공 2708 B737-800기종이 보이면 뒤쪽에서 요격준비하고 관제탑의 지시를 기다릴 것." 관제탑에서 대답했다.

이어 김소령은 윙맨 박 대위를 호출하였다.

"여기는 독수리 1.독수리 2 잘 들리나?"

"롸져. 라우드 앤 클리어Loud and Clear:크고 잘 들린다는 무선용어."

박 대위가 응답하였다.

"박 대위 잘 들었지?"

"관제탑의 지시대로 움직인다."

"You follow me!"

"AB 가속"

애프터 버너를 사용하여 전투기 속도를 음속까지 돌파한 2대의 F-35A 전투기는 멋진 비행운을 그리며 납치된 민간 항공기인 미래항공 2708편을 요격하기 위해 강서국제공항

상공으로 힘차게 날아가고 있었다.

"쒸 쒸익"

"쒸 쒸익"

"쿵"

"쿠 쿵"

김소령, 박 대위의 F-35A 전투기가 음속을 돌파하자 멈추었던 공기층이 뚫리면서 엄청난 음속 돌파 공기 파열음이 발생하였고 청주기지 근처 지상에서 고추 농사를 짓던 충북 지방의 농민들은 무슨 일이 있냐며 모두들 고개 들어 새파란 하늘을 가로질러 날아가는 두 개의 검은 독수리를 쳐다보고 있었다.

"어머, 웬일이래요."

"고추 따고 있는데 고춧대까지 흔들리는 이 큰 소리는 뭔 소리야."

"나는 간 떨어질 뻔 했씨유."

"살다 살다 이런 소리는 처음 이네유."

"꼭 엄청나게 큰 징과 북을 귀에 대고 치는 소리 같아유."

"오메…. 저놈들 아니여?"

남편 농부가 소리치며 손가락으로 먼 하늘 새까만 두 점을 가리키며

아내에게 물었다.

"맞네!"

"저놈들 이유."
"무섭게 생긴 재네들은 공군 비행기 같은데."
"어디로 가는 건가유."
"그쪽으로 가면 서울 방향 아니유?"
"맞아. 그쪽으로 쭉 가면 서울이에유."
"좀 시끄럽긴 해도."
"비행기 꽁지 구름은 참 멋지네유."

농부 부부의 대화를 뒤로하고 F-35A 전투기 두 대로 이루어진 독수리 편대는 어느덧 안양시 근처 평촌 상공을 통과하고 있었다.

아래쪽 항공기를 요격하기 쉬운 안양 상공 고고도를 점유하고 비행하던 독수리 편대의 조종실에 먼저 이륙한 피스아이 Peace Eye AWACS로부터 긴급하게 백업 무전이 도착하였다.

"독수리 편대."
"여기는 피스아이."
"독수리 1호,2호 응답하라."

"여기는 피스아이."
"독수리 편대."
"독수리 편대 응답하라."

"여기는 독수리 1호"
"고 헤드Go ahead*1" 김소령이 응답하였다.

"잠시 후 11시 방향, 방위각Bearing. 270, 고도Altitude 3천 피트, 속도Speed. 560킬로 미래항공 2708편이 나타나니 눈으로 확인 후 항공기 후면에 따라붙기 바람."

피스아이 AWACS에서 김소령, 박 대위가 조종하는 F-35A 독수리 편대에 요격할 미래항공 2708편 비행기의 위치, 속도, 고도를 상세히 알려주었다.

"롸져."

김소령이 대답 후 F-35A 전투기의 시야에 미래항공 2708편의 모습이 나타나게 되었다.

먼저 미래항공 2708편 기체를 확인한 김소령이 박 대위에게 오른손으로 아래쪽을 가리키며 손짓하였다.

"미래항공 2708편 In Sight!*2"

박 대위가 아래쪽을 보니 오른쪽 아래쪽 3시 방향으로 미래항공 2708편이 하얀색 비행운을 그리며 강서국제공항 방향으로 힘겹게 날아가고 있었다.

편대장인 김소령이 조기경보기인 피스아이와 관제탑에 발견 보고하였다.

"레이더 컨택, 베어링 270, 80마일 어헤드Ahead*3, 밴딧Ban-

*1 시작하라는 의미의 조종용어

*2 조종사 시야에 들어왔다 라는 표현

*3 앞쪽

dit[*1]으로 추정되는 미확인 물체 발견"

"미래항공 2708, In Sight!".

"박 대위 고도를 낮춰서 후미에 붙자."

"나는 좌전방으로 접근하여 조종실에 따라오라는 수신호를 보낼 거고."

"박 대위는 우측 후방에서 요격준비를 해."

"오케이, 1 by 1 세퍼레이션 요격"

김소령이 박 대위에게 말했다.

"네, 롸져."

"알겠습니다."

박 대위가 말하는 순간 약간 앞쪽을 비행하고 있던 편대장 김소령의 F-35A 전투기는 배고픈 송골매가 먹이를 향해 돌진하듯이 좌측으로 미끄러지며 급격한 선회기동을 하였고 미래항공 2708편이 날고 있는 3천 피트를 목표로 물고기를 찾아 공중에서 수면에 내리꽂히는 가마우지처럼 전투기의 기수를 거의 수직으로 하여 강하하고 있었다.

박 대위의 전투기도 김소령 전투기와 반대인 우측으로 급강하하여 두 대의 F-35A 전투기가 미래항공 2708편 좌, 우측 후미에 접근하여 비행하고 있었다.

"무장 스위치 작동"

공중 요격 시 전투기에 달려 있던 미사일의 발사를 위해 모든 무장 스위치를 발사 위치로 옮긴 후 박 대위는 김소령에게 무선으로 물었다.

"김 소령님 한 번에 격추하는 미사일보단 민간항공기 조종실에서 눈에 잘 띄는 경고성 예광탄이 발사되는 기관포로 먼저 사격 신호를 보내는 것이 좋을 듯합니다."

"오케이. 롸져."

"내가 미래항공 비행기 옆에서 수신호를 할 테니 잠시만 기다려봐."

김소령은 자신의 F-35A 전투기 스로틀Throttle[*2]을 살짝 밀어 가속한 뒤 트러스트 백터Thrust-vector[*3]를 이용해 미래항공 2708편 왼편으로 접근시키면서 무선 주파수를 민간 공용 주파수로 맞추고 미래항공 2708편 비행기와 교신을 시도하였다.

"미래항공 2708편, 여기는 대한민국 공군 F-35A 전투기 김소령입니다."

"미래항공 2708편, 여기는 대한민국 공군 F-35A 전투기 김소령입니다."

*1 적국의 전투기 및 비행물체

*2 비행기 액셀러레이터, 가속장치, 자동차는 오른발로 눌러서 가속하지만, 비행기는 손으로 밀고 당겨서 가속, 감속

*3 출력편향노즐:배기구의 방향을 바꿀 수 있는 장치

"저희가 유도하는 방향으로 착륙준비 해주시기 바랍니다."

"응답이 없거나 계속 유지 비행하면 적대 행위 및 밴딧Bandit[*1]을 하스틸Hostile:.[*2]로 변경하고 발포하겠습니다."

"응답하셨으면 날개를 좌우로 흔들어주십시오."

"미래항공 2708편"

"미래항공 2708편"

"응답하셨으면 날개를 좌우로 흔들어주십시오."

"응답하셨으면 날개를 좌우로 흔들어주십시오."

한편 미래항공 2708편 객실에서는 테러범 김홍도에 의해 총기가 발사되어 승객 2명이 사망하였고 총탄에 어깨를 관통당한 중년 여성 승객, 발로 차임을 당해 혀가 잘린 남자 승객, 복부, 어깨에 총탄에 맞아 중상을 입은 채 조종실 앞에 엎드려 있는 홍 사무장, 사망한 여자 승객 양춘자가 조종실 앞 갤리 부근에 뒤엉켜 쓰러져 있어 객실은 그야말로 공포, 혼란, 무질서가 가중되고 있었고 그러한 와중에 갑자기 뒤쪽에서 대한민국 국기가 선명하게 새겨진 검은색 F-35A 전투기 한 대가 비행기 왼쪽에서 나타나자 객실 창문으로 이러한 광경을 보고 있던 승객들이 외쳤다.

"이젠 살았다."

"저것 좀 봐, 우리나라 전투기 아냐?"

"그럼 그렇지, 우리를 구하러 전투기까지 출동했나 봐."

"야호"

"만세"

"하느님 감사합니다."
"역시 대한민국"
"이제 숨 좀 쉬겠네."
승객들 사이에서 살았다는 안도감에 희망의 탄식이 미래항공 비행기 객실에 퍼지고 있었고 뒤쪽 박미선, 이선자 승무원도 비행기 뒤쪽 출입구인 L2 도어 창문을 통해 이러한 광경을 지켜보며 나름대로 안도감에 휩싸이고 있었다.
그러나 그 순간에도 미래항공 조종실에서는 김홍도가 조종실 문을 잠그고 기장과 부기장 뒤에 버티고 서서 자신의 복부에 감은 폭탄과 숨겨둔 마지막 한 발을 장전한 권총으로 박 기장과 부기장을 위협하고 있었다.

F-35A 김 소령이 미래항공 2708편과 계속 나란히 비행하면서 무선 연락을 시도하였고 미래항공 2708편 조종실 스피커에서도 김소령의 요청이 귀가 따가울 정도로 크게 잘 들렸지만, 김홍도는 꿈쩍도 하지 않았다.

"왼쪽 옆을 보시죠."
박 기장이 김홍도에게 말했다.
김홍도가 마지못해 비행기 좌측 옆을 슬쩍 보니 F-35A 전투기 한 대가 비행기에 바짝 붙어 있었고 전투기 조종사가

*[1] 적국의 전투기 및 의심되는 비행물체
*[2] 전투기 조종사가 피아식별 후 적으로 식별된 비행물체를 부르는 용어

수신호로 따라오라는 신호를 하였다.

"모른 척해."

"너희들은 지금부터 내 명령에만 복종하는 거야."

"대한민국 공군, 저런 망할 간나 새끼들."

"일찌감치 핵으로 전부 척살해야 했는데."

"고개 돌려 이 자식아."

"퍽"

"퍽"

김홍도는 전투기 쪽을 보고 무언의 메시지를 전하고 싶었던 박 기장에게 고개를 돌리라고 소리치면서 오른쪽 관자놀이를 권총 개머리판으로 두 번 세게 가격하였다.

"어 억…."

"헉"

"알겠습니다."

오른쪽 관자놀이 부근을 권총 개머리판으로 얻어맞은 박 기장은 더 이상의 저항을 포기했고 김홍도가 행하는 무차별적 폭력에 길들여지고 있었다.

미래항공 2708편 비행기가 F-35A 전투기 김소령의 수신호와 무전을 계속 무시하고 그냥 앞쪽으로 진행하자 김소령은 청주공항 관제탑에 연락하여 요격을 위한 지시를 기다리고 있었다.

"여기는 독수리 1호."

"미래항공 2708편 민간항공기는 현재 본인의 수신호와 무전 연락에 일체 응답 하지 않고 있음."

"요격 지시 바람."

청주, 강서, 김포, 인천국제공항 관제탑에서도 미래항공 2708편과 따라붙었던 F-35A 전투기들의 행적과 교신내용을 레이더를 통해 유심히 관찰하고 있었으며 청주 군 관제탑에서 김소령에게 무선 연락이 도착하였다.

"여기는 청주 ATC. Air Traffic Control*1"

"독수리 1호 응답하라."

"여기는 청주 ATC."

"독수리 1호 응답하라."

청주공항 ATC에서 F-35A 전투기 편대를 호출하는 무전이 김소령과 박 대위의 헤드폰에 동시다발적으로 도착하였다.

"여기는 독수리 1호, 감도 좋습니다. Go ahead."

김소령이 대답했다.

"일단 테러범에게 계속 진행한다면 요격한다는 경고 표시로 예광탄이 삽입된 기관포로 경고할 것"

"하지만 기체에 대한 사격은 별도 명령이 있을 때까지 실시하지 말 것"

*1 관제탑을 말함

청주 ATC에서 대답했다.

"기관포 발사하되 경고 의미."
"맞습니까?"
김소령이 이렇게 관제탑에 되물었다.

"롸져" 하고 청주 ATC에서 대답하였다.

"박 대위 들었지?"
"이제부터 기총사격 포지션을 위해 미래항공 후방 6시 방향으로 이동"
"내가 사격할 테니 탄착점 파악 요망"
이렇게 말하고 김소령은 자신의 F-35A 전투기를 속도를 낮춘 다음 좌로 기동하여 전투기를 기관포 발사 위치인 미래항공 2708편 왼쪽 후방 6시 방향에 위치시켰다.
김소령은 호흡을 가다듬고 정확히 미래항공 2708편 비행기 왼쪽 근처를 기관포 조준경 스코프에 맞추고 발사를 위해 무장 스위치를 켜고 속도를 낮추고 있었다.

"흠"
"공중사격 훈련은 많이 했지만, 실제 민간비행기를 사격하는 건 처음인데."
긴장이 많이 되어 손에 끼고 있던 비행 장갑에도 땀에 젖은 축축한 느낌이 전달되었다.
정신을 가다듬고 빨간색 기관포 발사 버튼을 누르는 순간

"드르륵"
"드르륵"
하면서 F-35A 전투기 좌측에 달린 20mm 구경 기관포와 예광탄이 동체에서 쏟아져 나가 미래항공 2708편 좌측으로 빨간 포물선을 그었다.

"핑" "핑"
"슝" "슝"
공기를 가르는 소리를 내며 김소령의 F-35A 전투기에서 발사한 수백 발의 벌컨 20mm 기관포 탄이 새빨간 불덩이가 되어 미래항공의 좌측으로 날아가는 모습을 보고 김홍도가 보고 외쳤다.

"어, 어"
"이게 뭐야 이 자식들"
"민간인 승객이 탄 비행기에다 총을 쏴?"
"이런 개만도 못한 자식들"
이어 박 기장이 말했다.

"이건 우리 비행기를 쏜 것이 아니라 전투기의 지시를 따르라는 경고사격입니다"
"만일 따르지 않으면 우리 비행기를 격추하겠다는 표식입니다."
"마지막 경고죠."
박 기장이 말하자

"내래 어차피 이래 죽거나 저래 죽거나 마찬가지인데 그냥 가자우."

"조종사 너희들 반응하지 말고 가만히 있으라우."

"그냥 가, 무시하고 그냥 가란 말이야!"

김홍도가 머리를 타격당해 피가 흐르는 상처를 만지고 있던 박 기장에게 소리쳤다.

F-35A 전투기가 기관포를 발사하자 겁에 질린 부기장은 연신 박 기장과 김홍도를 번갈아 보면서 박 기장에게 물었다.

"기장님 어떻게 할까요?"

"그냥 가면 다음 순서는 미사일 아닐까요?"

"너무 무섭습니다."

"알았다는 표시로 날개를 좌우로 흔드시는 게 어떨까요?"

부기장이 말하자 박 기장은 김홍도를 보면서

"공군의 지시대로 하는 것이 좋지 않을까요?" 물었다.

"아 참 이 새끼들 정말 미치겠네."

"야 이놈들아 사람은 언젠가 죽게 되어있어."

"좀 일찍 죽으나 좀 더 살고 죽으나 어차피 죽는다고."

"단오에 죽으나 청명에 죽으나 죽는 것은 마찬가지 아냐?"

"왜, 겁나네?"

"다시 한번 말한다. 그냥 간다."

"아니면 나하고 여기서 끝장을 내던가?"

"둘 중 하나를 택해, 이 간나 새끼들아!"

김홍도의 불같은 위협에 미래항공 2708편 조종실은 이내 침묵 상태로 바뀌었다.

"청주 ATC."

"청주 ATC."

"여기는 독수리 1호"

"여기는 독수리 1호"

"청주 ATC 대답하세요."

"현재 기관포로 위협 사격했지만, 미래항공 2708편은 무응답 상태입니다."

"추가 지시를 내려주시기 바랍니다. 오버"

김소령의 다급한 무전 소리가 동시에 청주, 강서, 김포, 인천국제공항의 관제탑 스피커를 통해 울려 퍼졌다.

이러한 상황을 감시하고 있던 청주 ATC에서 연락이 왔다.

"여기는 청주 ATC"

"독수리 1호 나와라. 오버"

"여기는 독수리 1호 Go ahead." 김소령이 대답했다.

이어서 청주 ATC에서 독수리 편대 편대장인 김소령에게 명령이 하달되었다.

"지금부터 하달하는 명령을 잘 듣고 이행하기 바람."

"롸져." 김소령이 대답했다.

“기관포 경고사격에도 무응답 하는 상황은 현재 조종실이 테러범에 의해 점거되었다는 것을 의미하고 이러한 상태에서 우리가 할 수 있는 것은 강제 착륙조치만 가능한 것으로 예상함.”

“따라서 미래항공 2708편 비행기가 운항할 수 없는 상태로 빠지도록 기관포를 사용하여 왼쪽 엔진 한 개를 무력화시키고 꼬리날개의 러더Rudder[*1]를 파손시켜서 지상으로 끌어내리도록.”

“따라서 정밀사격이 요구됨.”

“롸저, 알겠습니다.” 김소령이 대답했다.

이어 김소령은 옆 후방에서 비행하며 미래항공 2708편 동체를 공대공 사이드와인더 미사일로 겨누고 있던 박 대위에게 말했다.

“박 대위, 어차피 미사일은 정말 최후 수단으로 사용할 수 있는 것으로 생각하도록 하고 일단 지상에 불시착시켜야 하니 박 대위는 미래항공 왼쪽 엔진을 기관포로 파괴하고 나는 꼬리날개 러더를 조준 사격하여 민항기를 항행 불가 상태로 만드는 것이 최선이라는 관제탑의 지시야.”

“사격준비” 김소령이 박 대위에게 말했다.

“롸저.”

박 대위는 미래항공 2708편 뒤에 붙어서 왼쪽 엔진을 조준하였고 김소령은 역시 후방에서 수직꼬리날개 러더를 기관포로 조준하였다.

"Fire, 발사"

김소령의 명령이 무전기를 통해 떨어지자 김소령과 박 대위의 F-35A 전투기의 측면에 달린 기관포가 요란한 소리와 함께 다시 한번 시뻘건 불을 뿜어내기 시작하였다.

"드르륵드르륵"

"드르륵드르륵"

수백 발의 20mm 기관포 총탄이 미래항공 2708편 왼쪽 1번 엔진*2과 수직꼬리날개 러더 쪽으로 흩어지듯 날아가고 있었다.

"타다닥, 타다닥"

"타다닥, 타다닥"

"퍽, 퍽"

김소령과 박 대위가 조종석에서 기관포 스위치를 누르자마자 발사된 20mm 기관 포탄은 시뻘건 화염을 일으키며 미래항공 비행기 1번 엔진과 방향타인 러더에 수없이 박히기 시작했다.

*1 수직꼬리날개에 붙어 있는 직사각형 판 모양의 구조물로 비행기를 좌우로 선회할 수 있도록 만든 장치. 모든 비행기에 장착되어 있다

*2 민항기는 엔진이 날개에 달려 있어서 비행기의 왼쪽부터 1번, 2번, 3번, 4번 이런 식으로 표시

"퍽, 퍽, 퍼버벅"

"퍽, 퍽, 퍼버벅"

"우웡, 우웡"

"우욱, 쾅!"

박 대위 전투기 기관 포탄 세례를 맞은 미래항공 보잉 737-800 비행기 왼쪽 1번 엔진은 마치 육식공룡 울음소리 같은 굉음을 내며 공중에 파편을 튀겼고 동시에 화염에 휩싸였다.

김소령의 전투기에서도 기관 포탄이 발사되어 미래항공 2708편 수직꼬리날개 러더에 박혔다.

"팍, 팍 파바박"

"팍, 팍 파바박"

기관 포탄을 맞은 수직꼬리날개는 즉시 작동 불능 상태로 빠졌고 왼쪽 엔진 또한 불을 뿜으며 숨이 멎어가고 있었다.

"따르릉따르릉, 엔진 Fire"

"따르릉따르릉, 엔진 Fire"

한편 미래항공 2708편 조종실에서는 갑자기 엔진 화재 경보가 울리며 조종사 머리 위 오버헤드센터에 설치된 왼쪽 1번 엔진 화재 경보등이 빨간색으로 번쩍거리고 날카로운 소리를 내며 떨리고 있었다.

"기, 기장님"

"좌측 1번 엔진 화재입니다." 부기장이 떨리는 목소리로 말했다.

"엔진 화재 체크리스트!"
"읽어."
기장이 부기장에게 말했다.
부기장이 체크리스트를 떨리는 손으로 집어 들어 읽기 시작했다.

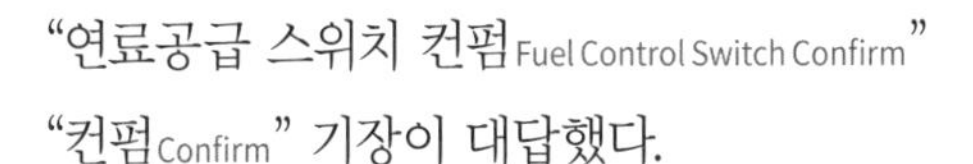
"연료공급 스위치 컨펌Fuel Control Switch Confirm"
"컨펌Confirm" 기장이 대답했다.

"넘버1 엔진화재 진압 스위치 컨펌No1 Engine Fire Switch Confirm"
"컨펌 투Confirm Too" 기장이 대답했고 이어
"Rotate돌려!"
"13초 대기"
이에 부기장은 왼쪽 팔로 조종실 왼쪽 머리 위 천정에 붙어 있는 엔진 소화 스위치를 돌려 엔진 화재진압을 시도하였다.
13초 동안 기다리라는 기장의 지시에 숨을 돌리려는 순간 잠시 후 조종실에 화재 경보가 다시 울렸다.

"Still Fire sir."
"어떡할까요?"
부기장이 박 기장에게 물었다.

"한 번 더 작동" 박 기장이 말했다.

부기장이 한 번 더 엔진 화재진압 스위치를 돌린 후 엔진 화재 경고등은 들어오지 않았지만, 엔진의 출력은 서서히 낮아지고 있었다.

"기장님…. 비행기 속도가 줄어들고 있고 하이드롤릭Hydraulic*1 파워가 줄어들고 있습니다."

"500km"

"450km"

"400km"

"350km"

부기장이 조종실에 설치된 속도계의 노트KNOT*2를 킬로미터로 환산하여 읽어주며 다급하게 줄어드는 비행기의 속도를 기장에게 알려주고 있었고 이어 다급히 소리쳤다.

"기장님 페달을 눌러보십시오."

"꼬리날개 방향타가 작동되지 않습니다" 부기장이 박 기장에게 다급히 외쳤다.

"그러면 러더 대신 에일러론Aileron*3을 사용하자."

"음…. 이젠 Fly by Wire플라이바이 와이어*4는 포기하고 수동조작으로 비행기를 조종하고 한쪽 엔진으로만 비행하는 수밖에 없네."

박 기장이 신음하듯 말했다.

대한민국 F-35A 전투기가 나타나 호위하려는 모습을 객실 창문을 통해 보았던 승객들은 갑자기 새빨간 기관 포탄이 날아들고 이어 기체에 둔한 충격을 느끼며 창밖의 왼쪽 엔진에서 불꽃이 치솟자 다시금 급격한 공포감과 실망에 빠져들게 되었고 다급한 심정을 위로라도 받으려는 듯 승객들은 머리 위에 설치된 승무원 호출 버튼을 연달아 눌러대며 승무원을 호출하기 시작했다.

"딩 딩 딩 딩 딩 딩 딩"

박미선, 이선자 승무원 두 명이 감당할 수 없을 정도로 수없이 승무원 호출 소리가 울렸으며

"승무원."

"승무원."

"대한민국 공군인데 왜 우리에게 총을 쏘는 거죠?"

"우리 비행기는 어떻게 되는 거죠?"

"지금 어떤 상황이죠?"

"저쪽 엔진에서 불나는 것 좀 보세요."

"추락하는 건가요?"

"조종실 연락 좀 해봐요."

*[1] 비행기를 조종할 수 있는 유압

*[2] 서양 속도의 단위, 1노트는 약 1.8km

*[3] 비행기 주날개 끝에 붙어 있어 좌우로 선회할 수 있도록 만든 장치

*[4] 주날개 플랩,에일러론,슬랫과 꼬리날개 방향타를 컴퓨터로 조종하는 장치

"승무원 어떻게 좀 해봐야 하는 것 아녜요!"

여기저기 쏟아지는 질문 세례를 받느라 두 승무원은 정신이 혼미해질 지경이었다.

김홍도가 조종실에 들어간 뒤 객실 앞쪽에 남아있던 강숙희 승무원은 다행히 왼쪽 목에 약간의 자상을 입은 것을 빼곤 무사했고 이미 총격을 당해 사망한 두 명의 남자 승객, 양춘자와 어깨에 총상을 입은 중년 여성 승객, 발길질에 혀 잘린 남자 승객 그리고 홍 사무장을 차례대로 한 명씩 갤리로 끌어들이고 있었다.

강숙희 승무원이 비록 20대 젊은 여성이지만 축 늘어진 성인 남성을 끌어 운반하기는 너무 버거웠다.

"손님 죄송하지만, 저 좀 도와주시면 안 될까요?"

"이분들을 이쪽 갤리로 옮겨서 잠깐만이라도 지혈과 응급처치를 해야 하거든요" 강숙희 승무원이 땀을 흘리며 주변 승객에게 도움을 청하자

"저도 도와드리고 싶지만"

"테러범이 다시 나와서 왜 도와주었냐고 저에게 해코지할 것 같아 무섭네요."

"도와드리고 싶지만, 저도 지금 공포상황이라 몸을 움직이지 못하겠어요, 어떻게 하죠?"

"죄송합니다."

"……"

"나는 내 몸에 남의 피를 묻히고 싶지 않아요."

"죄송해요."

"이건 너희가 잘못한 것이고 내일이 아니니 개입하고 싶지 않아."

"제가 이런 것 도와주려고 비행기 탑승한 건 아니에요"

라고 말하는 승객이 대부분이었고 나머지 승객은 계속되는 객실의 처참한 공포상황에 질려 머리를 아래로 떨군 후 묵묵부답이었다.

이에 강숙희 승무원이 머리를 돌려 뒤쪽을 바라보니 박미선, 이선자 객실승무원이 뒤편에서 무서움에 질린 승객을 응대하며 간신히 달래주고 있는 상황이 시야에 들어왔다. 이에 강숙희 승무원은 앞쪽 객실승무원 좌석에 설치된 인터폰을 들어 박미선, 이선자 승무원에게 도움을 청하기 위해 승무원 간 통화를 할 때 사용하는 키패드 5번을 힘껏 눌렀다.

"딩동"

"딩동"

비행기 뒤쪽에서 승객을 돌봐주고 있던 두 명의 시니어 승무원들은 인터폰 소리를 듣고 고개를 들어 앞쪽을 바라보았고 온몸이 피범벅이 되어있는 채로 쓰러진 승객과 사무장을 갤리로 끙끙대며 옮기고 있는 강숙희 승무원을 보게 되었다.

"선배님 도와주세요."

"앞쪽으로 좀 와주세요."

강숙희 승무원이 애절한 마음을 담아 뒤쪽의 승무원에게

팔을 흔들며 앞쪽으로 와달라고 수신호를 하였으나 강숙희 승무원의 모습을 본 박미선 승무원은 애써 못 본체 외면하였고 이선자 승무원만 마지못해 앞쪽으로 오게 되었다.

"선배님 이분들 좀 같이 옮겨주세요."

"선배님. 제발요."

비행기 바닥은 물론 미래항공 객실승무원 유니폼 그리고 스카프까지 피로 흠뻑 젖은 강숙희 승무원을 본 이선자 승무원은 순간 모든 승객이 자신을 주시하고 있을 것 같다는 따가운 눈총을 의식했고 승무원의 임무를 지키기 위해 마지못해 강숙희 승무원을 도와 나머지 사람들을 갤리로 옮기기 시작하였다.

B737-800 비행기의 좁은 앞 갤리에는 노란색, 빨간색 구명조끼를 입힌 성인 세 명의 시체와 네 명의 중상자가 들어가자 꽉 차서 발 디딜 곳이 없었고 갤리 바닥에 흥건히 고인 피로 인해 미끄러질 우려가 있어 승무원들조차 발끝으로 바닥을 짚고 걸어가야 하는 형국이었다.

"선배님. 남자 승객 두 분, 양춘자는 이미 맥박과 호흡 그리고 심장이 멈춰서 사망한 것 같고요. 여기 남녀 승객분과 사무장님은 가늘지만, 호흡이 있고 맥박도 조금씩 뛰고 있는 것 같아요."

"제가 일단 혈액이 더는 나오지 않도록 손으로 상처 부위를 압박하고 있으니 번거로우시더라도 제 부탁을 들어주시기 바랍니다."

"선배님, 먼저 앞쪽 10번 열 오버헤드 빈Overhead bin*1 보시면 응급조치용 FAK가 있으니 그것 좀 가져다주시면 제가 드레싱Dressing*2하겠습니다. 또한, 비상 장비 중 Po2 바틀Bottle.을 가져다주시면 중상자들 회복에 큰 도움이 될 것 같습니다."

간호조무 자격증이 있는 강숙희는 능숙하게 이선자 승무원에게 말했다.

신입 강숙희 승무원은 미래항공 입사 전 취득한 간호조무사 자격증을 가지고 서울시 강서구에 있는 간호학원과 대형 외과병원에서 실습할 때 습득한 과다 출혈 시 응급 외과적 조치를 기억하며 이선자 승무원에게 부탁했던 것이었다.

"여기 FAK하고 Po2 바틀 있어요."

이선자 승무원이 평소 비행 전 점검을 통해 위치를 알고 있던 응급조치용 FAK와 Po2 바틀을 강숙희 승무원에게 건네주었다.

강숙희 승무원은 재빠른 손놀림으로 FAK의 납 봉인장치를 풀고 내용물에서 붕대와 거즈를 빼내 중년 여성의 어깨와 총상으로 인해 복부와 등 쪽 피부가 괴사한 홍 사무장의 총상 부위를 다시 한번 칭칭 동여맸고 혀가 잘린 승객에게도 거즈를 한 뭉치 제공하여 물고 있도록 조치했으며 산

*1 선반
*2 상처를 붕대로 감싸는 행위

소통의 마스크를 꺼내 두 명의 중상자에게 각각 고압산소를 공급하였다.

또한, 다시 한번 확인차 홍 사무장이 당부한 것처럼 다치거나 사망한 승객들에게는 노란색 구명조끼를 입혀놓았고 테러범 양춘자에게는 빨간색 구명조끼를 입힌 후 강제로 부풀려놓아 혹시 살아나더라도 고개 돌림이나 행동에 제약이 있을 수 있도록 만들었으며 비행기 안으로 들어온 구급대원이나 경찰기동대원들이 맨눈으로 테러범과 승객을 확연히 구분할 수 있도록 조치해 놓았다.

강숙희, 이선자 승무원은 항공사 응급처치 교육 시 객실에서 응급사태가 발생하면 닥터 페이징Doctor Paging*1을 해야 하고 "방송 후 기내 의료진이 나타나 도움을 주게 될 것이며 여의치 못하면 다른 승객이라도 기꺼이 도와줄 것이다"라는 항공사 객실 안전 교관들의 강의내용이 "주변에 아무런 일이 발생하지 않는 평온한 비행상태라면 모를까 오늘 같은 긴급상황에서는 모든 환경이 달라질 수 있다"라는 것을 이제야 피부로 절실히 깨닫고 있었다.

갤리로 옮겨져 응급지혈과 고압산소를 공급받았던 중년 여성 승객과 홍 사무장은 어떻게 된 일인지 기적적으로 의식이 조금씩 회복되고 있었으며 이어 승객들의 머리 위에 설치된 스피커로부터 박 기장의 다급한 목소리가 흘러나오기 시작했다.

"손님 여러분 저는 기장입니다."

“우리 비행기는 양양공항에 도착할 예정이었으나 여러분이 아시다시피 기내에 공중 납치 사태가 발생하였고 테러범의 요구에 따라 중국 웨이하이 칭다오 근처 탕수공항에 착륙할 예정입니다.”

“현재 왼쪽 엔진과 수직꼬리날개 방향타에 문제가 발생하였으나 적극적인 대처로 수습하고 있으며 약 40분 후 도착 예정입니다.”

“저희 비행기는 대한민국 공군의 추적을 받고 있으며 국가와 객실, 운항승무원을 믿고 동요하지 마시고 자리에 앉아 벨트를 단단히 매어주시고 기다려주시기 바랍니다. 추후 소식은 다시 알려드리겠습니다.”

40분 후 착륙이라는 박 기장의 기내 안내방송에 승객들의 동요가 약간 진정되는 듯하였고 이러한 기내 분위기를 이용하여 이순자 승무원과 강숙희 승무원은 앞쪽 코트룸에 있던 테이저 무기 함을 열고 테이저와 타이 랩 그리고 테이저용 실탄 몇 발을 꺼내려고 하였으나 지금까지 알프스산맥을 맨몸으로 건너는 듯한 극한의 힘든 상황을 겪은지라 테이저 보관함의 비밀번호를 두 명 모두 차분히 기억해 내는 것은 정말 무리였다.

“아….”

*1 의료인을 기내방송으로 찾는 행위

"기억 못 하겠어."

"어떡하지, 숙희 승무원은 교육받은 지 얼마 안 됐는데."

"기억 좀 해봐, 제발."

"선배님, 오늘도 비행 전 회사에서 테이저 수령 하셔서 넣으셨잖아요."

"그때 비밀번호가 뭐였죠?"

"정말 기억나지 않아…."

전자식 키패드로 되어있는 테이저건 보관함에 생각나는 이런저런 번호를 입력시켜 보아도 돌아오는 것은 번호가 틀렸다는 빨간색 경고등만 들어오고 있었고 앞에 착석해 있던 승객들은 그러한 우리들의 모습을 보면서 얼마나 한심해 할까? 라는 생각을 하면서 긴장감에 이마에 땀이 송송 맺힐 그때 강숙희 신입 승무원의 머리를 번개같이 스치고 가는 사항이 한 개 있었다.

회사에서 신입 보안교육을 이수할 때 강의시간에 얼핏 들었는데 모든 테이저 보관함 번호는 회사창립일이 기본으로 들어가 있다는 것이었다.

미래항공의 창립일은 2021년 4월 30일이었으니

"아…. 20210430"

강숙희 신입 승무원이 해당 번호를 입력시키자 묵묵부답이었던 테이저 보관함이 그동안 오래 기다렸다는 듯 자신의 몸을 열어도 된다는 신호인 녹색등을 "삑" 소리를 내며 점멸해 주었다.

이어 제일 겉뚜껑을 개봉하자 중간 뚜껑은 겉뚜껑 안에

열쇠로 되어있어서 그것으로 개방하면 되었다.

마침내 테이저건 보관함을 개봉하고 내부에 있던 테이저건 2정과 실탄 4발 그리고 범인을 구속할 타이 랩을 꺼내 들고 뚜껑을 닫는 둥, 마는 둥 보안장비를 갤리 선반 한쪽 귀퉁이에 보관하였다.

이러한 광경을 실눈을 뜨고 지켜보고 있던 홍 사무장이 가쁜 숨을 몰아쉬며 이선자 승무원에게 말하였다.

"순자 씨"

"나에게 테이저 한정을 주세요."

"아…. 사무장님 몸도 힘드실 텐데 테이저는 저희가 사용하겠습니다."

이선자 승무원이 말했다.

"아녜요."

"나는 군대도 다녀오고 사격도 많이 해보아서 남들보다 자신 있으니 한 개는 저에게 주시고 나머지 한 개는 강숙희 승무원에게 전달해서 적절한 시기에 사용하세요."

"정말 괜찮으시겠어요?"

"네. 괜찮습니다. 걱정하지 마세요." 홍 사무장이 억지로 입가에 어슴푸레 미소를 띠며 말했다.

이선자 승무원은 괜찮다는 홍 사무장의 말을 믿고 테이저건 한정에 실탄을 장전하여 건네주었고 홍 사무장은 건네받은 테이저건을 김홍노가 눈치채지 못하도록 자신의 허리 뒤쪽에 숨겨두었다.

미래항공 기내 객실 상황이 이러한 즈음에 홍 사무장이 갤리 바깥에 대기하고 있었던 강숙희 승무원을 다시 불렀다.

"숙희 승무원"

"숙희,"

"힘들죠.?"

"이제 우리가 테러범을 제압할 수 있는 마지막 기회가 올지도 몰라요."

"지금 김홍도가 조종실 안으로 들어가 있죠?"

"네"

"그래서 강숙희 승무원이 조종실에 인터폰을 해서 김홍도 일행인 양춘자가 아직 살아 있고 마지막으로 급히 김홍도를 찾고 있다고 하면 아마도 김홍도가 혹시나 해서 문을 열어 줄 겁니다."

"조종실 문을 개방하면 내가 몸을 조종실로 밀어 넣어 내 몸을 써서 문을 닫지 못하도록 할 터이니 그때 문을 닫으려고 저항하는 김홍도에게 테이저건을 발사하면 잡을 수 있을 거예요."

"이게 우리가 사용할 수 있는 마지막 카드입니다."

"힘들고 어렵겠지만 한번 해보는 것도 좋아요."

홍 사무장이 강숙희에게 타이르듯이 말했다;

"말도 안 돼요, 사무장님 몸을 사용해서 문을 열어두고 있으면……."

"그럼 사무장님 자신은 희생하겠다는 거예요?"
"안돼요"
"살아도 같이 살고 죽어도 같이 죽어야 해요"
강숙희 승무원이 소스라치게 놀라며 대답했다.

"숙희 씨"
"내 말 들으세요. 지금 상황에서 우리가 할 수 있는 것은 내가 제안한 방법 이외에 다른 방법이 있을까요?"
"김홍도가 말하는 중국 웨이하이 근처 이름도 없는 이상한 공항에 내려서 인질로 잡힌 후 언제 돌아올지도 모르는 세월을 보내야 하는 것은 너무 가혹하지 않아요?"
"우리가 주도권을 잡을 수 있는 장소에서 무기를 가지고 있으니 마지막으로 시도해볼 만한 조치라는 것이죠"
"지금부터는 나를 비롯해 승객 아무도 다치지 않고 비행기를 무사히 강서국제공항에 착륙시킬 방법은 이것밖에 없다고 생각해요"
"이건 제안이나 부탁이 아니라 객실 사무장으로서 명령하는 겁니다"

홍 사무장의 말도 안 되는 제안에 묵묵히 듣고만 있었지만, 다시 한번 곰곰이 생각해보니 지금처럼 아무것도 할 수 없는 상황에서 그러한 의견도 상당히 그럴싸해 보였다.
강숙희 승무원이 피투성이가 된 상태로 식어가는 홍 사무장의 손을 잡으며 조용히 말했다.
"그럼 사무장님. 힘내세요. 제가 해볼게요."

"조종사까지 인질로 잡혀 있는 상황에서 우리가 뭐라도 해야 하지 않겠어요?"

"그 대신에 착륙할 때까지 살아 있어야 합니다."

"약속을 지키면 사무장님 말대로 하고 안 지키면 하지 않을래요"

"약속?"

"꼭"

강숙희 승무원은 홍 사무장의 손가락 사이로 자신의 손가락을 넣어 서로의 새끼손가락을 굳게 걸었고 마음속으로 간절하게 말했다.

"오빠 제발 죽지 마세요,"

"조종실의 재진입"

F-35A 전투기의 기관포 공격을 받아 왼쪽 1번 엔진이 고장 나고 수직꼬리날개 러더가 작동 불능 상태인 미래항공 2708 비행기는 왼쪽 엔진에서 검은색 연기와 굉음을 내뱉으며 힘겹게 안양시 평촌 상공을 날아가고 있었다.

조금만 더 가면 강서국제공항이고 몇 분 뒤 서해 상공으로 빠져서 KADIZ Korea Air Defense Identification Zone *1를 벗어나면 공해 지역이므로 대한민국 전투기가 미래항공 비행기를 요격하기가 사실상 불가능하다.

*1 대한민국의 방공식별구역: 영공방위를 위해 영공 외곽일정 지역의 상공에 설정되는 공중구역으로 이곳을 진입하려면 24시간 전에 대한민국의 허락을 받아야 한다

이제 공군은 마지막 선택을 해야 할 시기가 도래하였다.

승객과 승무원의 피랍 방지를 위해 미래항공 2708편 비행기 우측 2번 엔진까지 공격하여 비행기를 추락시키든가 아니면 테러범의 요구대로 순순히 중국이나 북한영공으로 진입할 수 있도록 눈뜨고 지켜보는 수밖에 없는 것이다.

미래항공 2708 비행기가 외부적으로 이러한 상황과 마주쳐 있을 때 객실로부터 조종실에 한 통의 인터폰이 걸려왔다.

"딩동"

"딩동"

"받아…!" 김홍도가 박 기장에게 말했다.

"네. 기장입니다."

"기장님. 힘드시죠, 저 승무원 강숙희라고 합니다."

"다름이 아니라 테러범 김홍도하고 할 이야기가 있습니다."

"잠깐 바꿔 주세요."

"네. 알겠습니다."

기장이 김홍도에게 인터폰을 가지고 흔들며 받아보라는 신호를 하였다.

"쌍 간나들 또 무슨 수작이네."

"싫소."

"가던 길이나 갑시다."

김홍도가 말했다. 기장이 다시 김홍도에게 인터폰을 흔들며 받아보라는 표시를 하였다.

"너희 무슨 장난하는 게지."
"내 다 안다."
"내가 서울에서 8년을 살았는데 이런 것도 이해 못 할 줄 아네?"
"너희들은 전부 사기꾼이야."
"남의 공짜 돈이나 받고 처먹고 사기나 치는 자본주의 새끼들."
하지만 박 기장이 굴복하지 않고 다시 한번 김홍도에게 인터폰을 흔들며 받아보라고 신호를 하였다.

"나 참, "누구네?" 김홍도가 물었다.
"여승무원입니다." 박 기장이 말했다.
"그년 내 아까 결딴내려고 했는데 살려주었더니 또 무슨 지랄을 하려고 전화질이나 하고 지랄이네. 전화기 줘보라우. 아…. 누구네?"
"저 강숙희 승무원입니다. 다름이 아니라 일행 양춘자 여자 승객이 지금 혼수상태에서 깨어나서 선생님에게 꼭 할 말이 있다고 하네요. 이쪽은 승객들이 많아서 곤란하고 조종실에 들어가서 말하겠다고 합니다. 들어가게 할까요?" 강숙희 승무원이 물었다.

"양춘자 살았네?"

"그 애미나이…"
"죽은 줄 알았는데 명도 길구먼."
"들어오라고 하라우" 하며 김홍도가 인터폰을 다시 기장에게 돌려주었다.
이에 기장은 김홍도에게 다시 물었다.

"그럼 조종실 출입문을 열어야 하는데 괜찮죠?"
"그래, 내가 잠깐 팔만 뻗어서 끌고 들어오면 되니까 문을 잠깐 열라우."
김홍도가 박 기장에게 말했다.

사실 지금까지 비행기 테러를 계획하면서 기내에 테이저 건 같은 비살상 보안 무기가 있다는 것을 상상도 못 했던 김홍도는 양춘자가 아직 살아 있다는 소식에 반갑기도 했고 원래 납치를 계획한 일행은 3명이었으나 김나래가 약속을 깨고 비행기에서 내리는 바람에 두 명으로 바뀌어 노심초사 해왔는데 다행히도 일행 양춘자의 생존 소식을 인터폰으로 듣게 된 후 무심하게 박 기장에게 문을 열라는 지시를 하였고 박 기장은 중간에 있는 도어 록Door Lock.을 조작하여 조종실 문을 잠깐 개방하려고 하였다.

"아, 잠깐 기다리라우"
"내래 객실에 무슨 일이 있는지 한번 보고 결정해야 해"
김홍도가 내심 외부상황을 못 믿겠는지 조종실 내부에서 바깥을 볼 수 있는 광폭 창View Port*1을 통하여 바깥 상황을 엿보았으나 문이 열리기를 기다리는 초조해 보이는 강숙희 승무원의 모습만 보일 뿐 조종실 출입문 전방 바로 아래 젖은 낙엽처럼 엎드려 있는 홍 사무장의 모습을 전혀 눈치채지 못하였다.

박 기장이 조종실 문의 도어 락 스위치를 개방하자 조종실 출입문 바깥쪽 패드의 빨간색 신호가 초록색으로 바뀌는 것을 목격한 홍 사무장은 문이 열리기만 하면 온 힘을 다해 조종실 문 쪽으로 기어가 문 안에 머리를 들이대려고 자신의 몸을 공격 직전 똬리 튼 뱀 모양 잔뜩 웅크린 채 엎드려 있었고 강숙희 승무원도 지금까지 한 번도 사용해 보지 않은 테이저건에 실탄을 끼우고 안전장치를 풀어 바로 사격할 수 있는 자세를 갖추었다.

이윽고 조종실 문이 약간 열리며 김홍도의 팔이 바깥으로 살짝 나왔고 이어 문이 좀 더 열리게 되자 조종실 문 앞에 바짝 엎드려 있던 홍 사무장이 죽을힘을 다해 머리와 몸통까지 조종실 바닥 안쪽으로 들이밀었다.

"아 제기랄, 이 새끼는 뭐야."
"너 되진 줄 알았는데 아직 안 뒈졌네?"
"양춘자는 어데있나?"

*1 조종실 내에서 객실 상황을 볼 수 있도록 만든 두꺼운 유리창으로 100원짜리 동전 크기만 하며 cctv와 같이 녹화는 되지 않는다.

"양춘자는 어데 있냐고??"

김홍도가 열려던 조종실 출입문을 다시 닫으려 하며 큰소리로 외쳤다.

"끼익 끼익"

위험을 감지한 김홍도가 조종실 문을 닫으려고 문을 잡아 당겼으나 이미 홍 사무장이 자신의 몸을 넣어 문을 가로막고 있어서 닫히질 않았다.

"캑"

"캑"

"우지직"

닫히려고 하는 조종실의 육중한 출입문에 머리를 집어넣었던 홍 사무장은 두껍고 무거운 조종실 출입문이 머리 관자놀이 부근과 목 사이를 짓누르게 되자 머리뼈가 부서지는 소리를 듣게 되었고 얼굴이 새하얗게 질린 후 외마디 비명과 새빨간 혈액을 입으로 내뱉게 되었다.

홍 사무장이 자신의 신체를 조종실 문 사이에 넣고 죽을 힘을 다해 다시 닫히지 않도록 버티던 사이 강숙희 승무원이 열려 있던 조종실 문으로 테이저건을 밀어 넣고 김홍도의 가슴과 배를 향해 방아쇠를 힘껏 당겼다.

"탕"

"푹"

"퓩"

테이저건의 총구 앞에 있던 화약이 폭발하면서 내부에 낚싯바늘처럼 생긴 날카로운 탐침 2개가 화약의 힘으로 엄청난 가속도가 붙은 채로 밀려 나와 김홍도의 가슴과 복부에 깊숙이 박히게 되었고 이어 테이저건에서 전해지는 5만 볼트의 전기 충격으로 김홍도는 정신을 잃고 기장석 뒷자리 공간으로 쓰러지게 되었다.

"크흐"

"캑"

"으…"

조종실 문이 다시 닫히는 것을 방지하기 위해 자신의 육체를 문 사이에 집어넣어 강숙희 승무원의 테이저건 사격을 성공시킨 홍 사무장은 목과 머리 옆 부근을 육중한 조종실 문에 짓이겨진 채 다시 핏덩어리를 쏟아 내며 그 자리에 엎드려 있었고 강숙희 승무원은 재빨리 조종실 문을 열고 안으로 진입하였다.

"사무장님 저 강숙희예요. 정신 차리세요."

"사무장님, 정신 차리세요!"

홍 사무장은 아무런 대답 없이 머리에서 선혈을 흘리며 조종실 출입문 틈에 끼여 엎드려 있었다.

"기장님은 괜찮으세요?"

"어"

"난."

"괜찮아요."

김홍도에게 권총 손잡이로 머리 관자놀이 부근을 타격당한 박 기장은 피가 흐르는 자신의 머리를 만지며 대답하였고 곧이어 이선자 승무원이 조종실로 진입하여 김홍도의 손과 발을 가지고 있던 타이 랩으로 포박하였다.

이어 부기장이 조종석에서 일어나 김홍도가 가지고 있던 권총과 폭발물, 기폭장치를 회수하고 인터폰으로 뒤편 박미선 승무원을 불러 폭발물을 B737-800기종의 폭발위험 최소구역 LRBL Least Risk Bomb Location*1로 옮기게 하였다.

박미선 승무원은 미래항공 정기안전훈련 시 배웠던 조심스럽게 폭발물 옮기는 방법을 되새겼고 양춘자가 김홍도에게 건네준 폭발물에 혹시 인계철선이 없나 종이로 살며시 확인한 후, 방폭 담요로 덮은 후 비행기 뒤쪽 LRBL로 지정된 R2 도어로 옮겨 도어 하단에 승객 짐을 놓고 중간에 방폭 담요로 싼 폭발물을 넣은 후 방폭 담요 개방 부분을 도어 쪽으로 향하게 하고 다시 위쪽을 승객 짐을 쌓아 스타킹과 넥타이를 이용하여 단단히 고정해 놓았다.

이렇게 준비해 놓으면 폭발물이 폭발할 시 압력이 비행기 도어 쪽으로만 집중되어 승객을 보호할 수 있는 최선의 조치인 것이다.

한편 조종실 기장석에서 홍 사무장과 강숙희 승무원이 양동작전으로 김홍도를 제압하는 광경을 지켜본 박 기장은 신속히 조종간을 좌우로 움직여 미래항공 B737-800 비행기의 날개를 좌우로 심하게 흔들어댔고 이를 뒤에서 지켜보며 추가 사격준비를 하던 F-35A 전투기 김소령과 박 대위가 미래항공 2708편이 갑자기 흔드는 양쪽 날개짓을 눈으로 목격하였다.

"어…. 박 대위"
"미래항공 2708편이 날개를 흔드네."
"갑자기 무슨 일이지?"
"윙맨 사격중지"
"사격중지"
"다시 말한다. 사격중지"
김소령이 큰소리로 박 대위에게 외쳤다.

동시에 만일의 경우 사이드와인더 공대공 미사일을 발사하기 위한 최적의 위치인 미래항공 6시 방향에 있던 자신의 F-35A 전투기를 미래항공 2708편 6시 방향인 미사일 발사 위치에서 여객기 조종실 좌측으로 급격하게 이동하여 조종실 안을 뚫어지게 쳐다보았다.

몇 초 동안 관측한 김소령은 조종실 내 박 기장 뒤에서 조종사들을 위협하고 있던 테러범이 안 보이고 피 흘리는 기장과 선혈로 범벅이 된 여승무원의 모습을 보고 안도한 후

*[1] 비행기에서 폭탄이 폭발할 경우 비행기에 최소한의 피해를 줄 수 있는 구역을 말하며 보통 오른쪽 제일 뒤편 도어를 말한다

청주공항 관제탑을 급히 호출하였다.

"여기는 독수리 1호"

"여기는 독수리 1호"

"청주 ATC 응답하라."

"여기는 독수리 1호"

"여기는 독수리 1호"

"청주 ATC 응답하라."

반복하며 청주공항 군 관제탑을 호출하는 동시에 윙맨 박 대위에게는 다시 한번 수신호로 사격중지를 명령했다.

"여기는 청주 ATC"

"독수리 1호 Go ahead, 바뀐 상황 있나요?"

"독수리 1호기 김소령입니다."

"미래항공 2708편이 날개를 좌우로 심하게 흔들고 있습니다."

"우리 지시를 따르겠다는 의사인 것 같습니다."

"강서국제공항 관제탑에 연락해서 긴급 무선 주파수 연락해 보시지요."

김소령이 대답하였다.

"롸져, 연결해 보겠습니다."

"여기는 청주 ATC, 강서국제공항 ATC 들립니까?"

"여기는 강서국제공항 ATC, 잘 듣고 있습니다. 미래항공 2708편과 연락해 보겠습니다."

강서국제공항 ATC에서 미래항공 2708편을 급히 호출하였다.

"미래항공 2708, 여기는 강서국제공항 ATC"
"미래항공 2708, 여기는 강서국제공항 ATC. 응답하세요. 미래항공 2708"
조종실에서 스피커를 통해 강서국제공항 ATC가 자신들을 호출하고 있음을 파악한 박 기장이 관제탑의 호출에 응답하였다.

"여기는 미래항공 2708, Go ahead."
"아…. 지금 미래항공 2708편을 주시하고 있는 F-35A 전투기 편대로부터 연락이 왔는데 기내상황의 변화가 생긴 겁니까?"
"변화가 있으면 응답해 주십시오." 강서국제공항 ATC가 물었다.

"네, 다름이 아니고 방금 마지막 남자 테러범이 승무원이 발사한 테이저건에 맞아 기절한 상태입니다."
"기체 왼쪽 1번 엔진과 수직꼬리날개에 있는 방향타가 전투기의 기관포 사격으로 망실되어 작동되지 않고 있으며, 비행기 고도는 3천 피트, 헤딩 270, 비행기 속도는 계속 줄어들고 있으며 현재 연료는 충분치 않습니다."
박 기장이 관제탑에 대답하였다.

"그럼 테러범은 완전히 제압된 상태인가요?" 관제탑이 물었다.

"일단 기절한 상태라 타이 랩을 이용하여 포박했습니다." 박 기장이 대답하였다.

마지막 발악

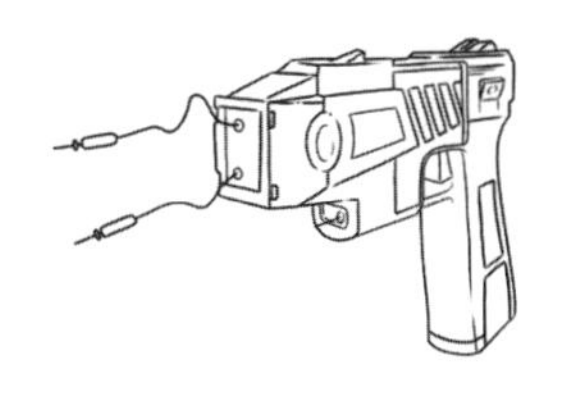

갑작스러운 테이저건의 공격으로 5분 정도 기절한 김홍도가 약간 의식이 돌아오기 시작함과 동시에 감고 있었던 눈을 살짝 뜨고 귀를 기울여 박 기장과 관제탑 간의 교신내용을 듣고 있었고 주위를 살펴보았다.

테이저 공격으로 조종실 바닥에 쓰러졌던 김홍도가 순간적으로 관찰한 결과 조종실 문은 자신이 기절할 당시보다 약간 열려 있었고 출입문 사이에는 홍 사무장이 머리에 피를 흘리며 누워 있었으며 머리카락을 비롯해 전신에 피를 뒤집어쓴 강숙희 승무원이 혼이 나간 상태로 테이저건을 들고 서 있는 모습이 보였다.

이이 디이 펩으로 꽁꽁 묶인 자신의 손과 발을 슬쩍 움직여보려고 하였으나 워낙 단단히 묶여 있어서 이번에는 아무리 유격 훈련으로 단련된 김홍도라도 전혀 움직일 수가 없었다.

“어차피 죽을 목숨 혼자 가면 외로우니 같이 가야지,

”내가 비록 손발은 움직일 수 없어도 몸뚱이를 날려 기장과 부기장 사이에 있는 중앙조종판인 센터 페데스탈Center Pedestal*1에 올라가 몸으로 엔진 스로틀을 밀어뜨려 최대한 가동하게 시키고 기장과 부기장을 두 발로 차서 기절시켜 버리면 비행기를 추락시킬 수 있을 거야.“

”하지만 아직 배와 가슴에 꽂혀 있고 탐침이 구리선으로 테이저건과 연결되어 있어서 강숙희 승무원이 방아쇠만 당기면 다시 고압전기가 흘러 다시 기절할 텐데,”

“행동에 앞서 가슴과 배에 박힌 테이저 탐침을 먼저 제거해야 하는데 좋은 방법이 없을까?”

생각하던 김홍도가 자신에게 아직 테이저건을 겨누고 있는 강숙희 승무원에게 요청했다.

“으…”

“아파.”

“이봐, 승무원.”

“나 좀 보라우.”

“내래 지금 매우 아파서 그런데 배와 가슴에 박혀 있는 테이저 바늘을 좀 빼주면 안 될까?”

“그거 좀 사람 사정을 봐서 해야지 이건 너무 잔인하지 않았소?”

"부탁 합네다."

"이놈의 바늘들을 좀 빼주슈."

"그러면 나 다시는 이런 일을 하지 않을게…."

"내래 너에게 위협은 좀 했어도 총을 발사했니, 칼로 찔렀니…. 아무 일도 안 했잖아"

"내가 총을 쏜 것은 그 사람들이 나를 죽이려고 달려드니 발사했지 그렇지 않으면 총도 사용하지 않았지…."

"나 원래 그런 사람 아니니 너무 걱정 말라우"

김홍도가 미간을 잔뜩 찌푸리며 말했다.

"거 참"

"승객을 4명씩이나 죽이고도 그런 말이 나와!"

"고약한 성질, 위선적 성질을 가진 자식"

"너야말로 정말 나쁜 놈 죽어 마땅한 놈이야!"

"너희들의 진짜 목적은 뭐야?"

"왜 이런 지랄들을 피는 거야!"

강숙희 승무원이 강한 독기가 섞인 소리를 발산하며 의식이 돌아온 김홍도에게 말했다.

이쯤 되면 원래 계획했던 미래항공 비행기 탈취는 이미 물 건너간 상황이고 어차피 죽을 목숨 승객들과 함께 죽을 방법을 고안하는데 필요한 약간의 시간이라도 벌기 위해 김

*[1] 주종실 기장과 부기장 사이에 설치된 중앙조종판으로 스로틀, 플랩, 무선통신 등 여러 가지 계기가 설치된 직사각형 형태의 구조물로 기장과 부기장석을 구분 짓는다

홍도는 자신의 목적을 천천히 불어대기 시작하였다.

“내래 중국 산둥반도 웨이하이 유격기지에서 교관으로 근무했던 김홍도라 합네다.”

“아까 강서국제공항에서 이륙 전 비행기에서 내린 여자 승객은 중국 폭파 전문 김나래 교관, 휠체어를 타고 온 여자 승객은 무술전문 양춘자 교관이야….”

“우리가 비행기를 납치하려는 목적은 지금 너희가 미국, 호주, 일본, 영국하고 실행하고 있는 중국에 대한 정책이 너무 잘못되어 깨우치게 하려고 하는 거야.”

“너희들은 왜 우리를 무시하고 서양 침략세력과 순순히 손을 잡으려 하는 거야?”

“미국이 재작년 한반도 남쪽 기지에 전술핵을 들여왔고 올해 추가로 배치한다고 방방 뜨고 있는데 그거 들어오면 우리 중국이 매우 힘들어지는 상황이 되리라는 것을 뻔히 알면서 미제 세력과 손잡고 핵무장을 추진하는 너희가 외세 침략세력보다 더 미운 거야.”

“그래서 우리가 너희 비행기를 납치해서 중국에 착륙시킨 다음 너희들을 인질로 한국 정부와 협상 하려는게지…. 처지를 바꿔서 생각해보면 안 그렇네?”

자신의 행동을 뉘우치지 않고 오히려 정당성을 부여해 되묻는 김홍도의 태도에 독기가 오를 대로 오른 강숙희 승무원은 망설임 없이 김홍도의 몸과 연결된 테이저건의 방아쇠를 한 번 더 당겼다.

순간 김홍도의 몸에 다시 한번 수만 볼트의 전기가 흐르

며
"흐흑"
외마디 소리를 지르며 김홍도는 두 번째로 눈이 새하얗게 변하는 기절상태를 맞이하였다.

김나래의 최후

김홍도가 테이저건을 맞고 손발이 묶인 채로 시간을 벌어 자신의 마지막 목적을 달성하기 위해 테러 목적을 발설하고 또 한 번의 테이저건 충격으로 두 번째 기절상태에 있을 때 강서국제공항 지상에서 머리가 아프다는 핑계로 미래항공 2708편을 램프리턴 시켜서 일행 중 홀로 하기Deplane, 下機한 김나래는 강서구 발산역 소재 대형종합병원으로 옮겨져 응급처치와 각종 검사를 시행 후 바로 퇴원하여 3개월 전부터 그들의 본거지였던 마곡동 오피스텔 9층 901호에서 휴식을 취하고 있었다.

사실 폭파 전문 교관이었던 김나래는 비행기에 탑승하여 자신의 역할을 충실히 지켜 비행기와 승객을 납치하려고 굳게 마음을 먹었지만, 자신의 위선적인 역할에도 불구하고 강서국제공항 보안 검색요원들의 헌신적인 돌봄에 다시 한번 인간으로서의 미칠듯한 존재감을 느꼈으며 그들의 도움에 깊이 감동되어 삶에 대한 미련을 가지게 되었고 이로 인해 미래항공 2708편 비행기에서 일행들을 배신하고 갑자기 내리게 된 것이었다.

즉, 강서국제공항 보안 검색요원들이 극진하고 진정성 있는 케어Care가 아니었다면 아마도 현재 기내상황은 2명이 아닌 3명의 테러범으로 인해 엄청나게 다른 방향으로 흘러가고 있었을 것이었고 생사고락을 함께하자고 중국 출발 때부터 굳게 맹세한 세 사람 중 자신만 살아 돌아왔다는 일말의 죄책감에 사로잡힌 김나래는 아무것도 먹지 않고 계속 술만 들이켜고 있었다.

거나하게 취한 김나래는 더는 보고 싶지 않았지만 그녀의 귀는 모든 언론사에서 시시각각으로 전하는 긴급상황을 TV 뉴스를 통해 미래항공 2708편의 소식을 접하고 있었다.

이때 오피스텔 벽면에 고정되어 생활 소식을 전하던 TV는 갑자기 화면을 바꿔 새로운 소식이 들어왔다는 긴급자막을 내보냈고 흥분한 뉴스 진행자가 들뜬 목소리로 소식을 전하기 시작하였다.

"현재 테러범들에게 납치당했던 미래항공 2708편은 다행히도 운항승무원과 객실승무원의 협력으로 조종실에서 체포당한 상태이고 파악되지 않은 수 명의 승객과 한 명의 여성 테러범이 사망한 상태입니다."

"자세한 소식은 들어오는 대로 다시 알려드리겠습니다."

자신들이 납치하여 중국으로 가려던 미래항공 비행기에서 승무원들이 김홍도와 양춘자를 제압하고 안전해졌다는 소식을 접한 김나래는 하늘이 무너지는 듯한 상실감을 느꼈고 조용히 서랍을 열어 하얀색 알약이 담긴 갈색 유리병을 떨리는 손으로 집어 들었다.

"어차피 죽을 목숨 괜히 살겠다고 내렸네…."
"이제 다 끝난 거야."
"이젠 끝이야."
"살다 보니 내가 여러 사람을 살릴 때도 있었네."
"내가 이 세상에서 할 일은 다 한 거야."
"하늘도 나를 용서 하실 거야"
혼잣말하며 물 한 잔을 따른 후 갈색 유리병 안에 담겨 있던 하얀색 청산가리 알약을 5개 집어 들더니 주저 없이 입에 털어 넣었다.
잠시 후….
알약을 입에 넣은 다음 목구멍으로 삼키려던 김나래는 고통을 참지 못하고

"왝"
"왝"
구역질하더니 알약을 다시 뱉어냈으나 입에 남아있었던 청산가리 독성 때문에 혀가 검은색으로 변하고 입안 점막이 심하게 타들어 가기 시작하였다.

"이젠 죽는 것도 힘드네!"

이때 밖에서 현관문을 주먹으로 두드리는 소리가 심하게 김나래의 청각을 자극하였다.

"김나래"

"김나래"

"여기 있는 것을 다 알고 왔으니 문 열어."

"열지 않으면 부수고 들어간다."

창문을 통해 몰래 빠져나가려고 했으나 창밖을 보니 오피스텔 주차장에 이미 경찰차가 요란한 사이렌을 울리며 들어오고 있었고 119 구급대가 오피스텔 주차장 바닥에 자신이 투신할 경우를 대비해 커다란 공기 매트리스를 설치하여 대비하고 있었다.

엄청난 수의 경찰관들과 자신의 오피스텔 문에 대기하고 있는 형사, 경찰기동대를 따돌릴 수 없다고 생각한 김나래는 갈색 유리병에서 조금 전 먹었다 토한 동종의 하얀색 알약들을 새로이 집어 들었다.

김나래의 오피스텔 문 바깥에선 형사들과 경찰기동대 그리고 119 구급대원들이 오피스텔의 철제문을 부수기 위해 현관문 강제 개방 장비를 가져왔고 이어

"끼익"

"끼익"

"끼이익"

소리를 내며 오피스텔 문이 119구조대가 사용하는 유압

장비에 의해 조금씩 틈이 벌어지는 것을 목격하였다.

때가 온 것을 직감한 김나래는 두 가지 선택의 갈림길에 서게 되었다.

첫째는 순순히 투항해 자백하여 목숨은 살리는 것이었고 둘째는 원래 목적을 달성하지 못하였으니 깨끗이 자결하여 기밀을 보전하는 것이었다.

수초의 시간이 흐른 후….

두 번째 결정을 선택한 김나래는

다시 집어 들었던 하얀색 청산가리 알약을 입에 넣고 물을 한 모금 마셔 알약을 미련 없이 삼켜버렸다.

잠시 후 세상에서 최고의 독성을 자랑하는 청산가리를 5알씩 삼킨 김나래의 모습은 너무 처참하였다.

"으 으 으"

딱 세 마디의 신음을 내뱉은 김나래는 얼굴이 흑색으로 변하면서 식도와 위장 그리고 창자까지 녹아버리는 청산가리의 강한 독성으로 인한 고통으로 등이 구운 새우처럼 90도 가까이 굽혀졌고 입과 귀, 눈에서 피를 내뿜으며 손발을 파르르 움직이다 이내 굽혀진 등을 바닥에 찧으며 몸부림치다 몇 초 후 축 늘어져 버렸다.

"딱"

"딱"

"철컥"

"쿵"

김나래의 몸이 축 늘어진 동시에 오피스텔 현관문을 열고 들어간 경찰기동대는 그녀가 청산가리를 삼킨 것으로 파악하고 119 구급대원에게 인계해 3분 거리의 서울이대병원 응급실로 옮길 것을 부탁하였으나 구급대원은 경찰기동대원에게

"제가 자살한 사람을 많이 보아왔지만 이렇게 다량의 청산가리를 한꺼번에 털어 넣은 사람은 처음입니다."

"독종은 독종이네요."

"제가 보기엔 절대 소생 가능성 없습니다."

"하지만 감식도 해야 하니 일단 가보시죠…."

김나래가 고통에 몸부림치다 사망하여 흰 천에 싸인 채 들것에 실려 방을 나가고 있을 동시, 방 안에 있던 TV 화면이 다시 밝아지며 다시 미래항공 2708편에 대한 새로운 긴급소식을 전하고 있었다.

"국민 여러분 오늘 피랍되었던 양양행 미래항공 2708편은 일부 기계장치가 파손되었지만, 다시 정상을 되찾았으며 현재 강서국제공항 착륙을 준비하고 있습니다. 함께 걱정해 주신 국민 여러분께 감사 말씀드립니다.

이상으로 미래항공 2708 피랍 소식을 마칩니다…."

아직 끝나지 않았다

한편 미래항공 2708편 조종실에서는 TV 뉴스에서 전해지는 소식과 반대로 두 번의 기절에서 깨어난 김홍도가 마지막이 될지 모르는 최후의 반격을 준비하고 있었다.

"기장 동무."
"나… 좀"
"나… 좀 살려달라오."
"으음"
"으 으"

두 번째 테이저 충격을 받은 김홍도가 깨어나면서 주변에 신경 쓰이는 앓는 소리를 내자 강숙희 승무원이 반사적으로 고개를 돌려 김홍도를 보게 되었고 순간 묶여 있던 양발을 모아 힘껏 강숙희 승무원의 테이저건을 낚아채는 동시에 탄력성 있는 자신의 허리 근육을 이용해 조종실 중앙에 있는 조종설비 페데스탈에 올라타 손등뼈처럼 생긴 비행기의 하얀색 스로틀을 자신의 등으로 힘껏 앞으로 밀어버렸다.

곧이어,

"우웡"

"우웡"

소리를 내며 아직 작동되고 있던 오른쪽 넘버 2엔진이 급가속 되었고 가뜩이나 기관포 사격으로 조종장치가 고장 나 힘겹게 비행하고 있던 미래항공 2708편은 오른쪽 엔진만 최대출력으로 작동하자 이내 왼쪽으로 선회하며 지상을 향해 급격히 기울어지기 시작하였다.

테이저건을 자신의 손에서 놓친 강숙희 승무원이 어쩔 줄 몰라 당황해하고 있을 때 이때를 놓치지 않은 김홍도가 다시 몸을 날려 묶인 발로 강숙희 승무원의 부드러운 아랫배를 걷어찼으며 그 충격으로 강숙희 승무원은 조종실 뒤쪽 패널에 머리를 심하게 부딪치며 조종실 바닥에 쓰러지게 되었다.

"보라우. 이 자식들아."

"손, 발이 묶였어도 나…. 아직 건재하지?"

"비행기 돌리라우!"

"조종사 너 이 간나 새끼들 오늘 다 죽는거야."

"돌려. 이 간나 새끼들아…."

이때 조종실 문 앞에 쓰러져 있던 홍 사무장이 강숙희 승무원이 김홍도의 투박하고 통나무 같은 발로 가격당해 힘없이 나뭇잎처럼 쓰러지는 것을 보고 자신이 평소에 무척 존경했었고 보물처럼 끔찍하게 아껴 주셨던 아빠…….

식물인간 상태로 중환자실에 수년째 누워계신 아빠에게 마음속으로 간절히 부탁했다.

"아빠…."

"이 세상에서 마지막으로 저에게 한 번만 더 힘을 주세요."

"저에게 힘을 주실 분은 이제 아빠밖에 없어요."

홍 사무장은 지금도 중환자실에서 식물인간, 무의식 상태로 산소호흡기에 의지해 누워 있는 존경하는 아빠에게 간절히 부탁했다.

보통 사람들은 감당하기 어려운 일을 맞닥뜨리면 신에게 의지하는 것이 일반적이나 홍 사무장은 자기도 모르게 식물인간이 되어 누워 있는 자신의 아버지에게 마지막 힘을 부탁하게 되었다.

잠시 후 홍 사무장의 몸에 이상한 기운이 몰아치기 시작했다.

두 번의 총상으로 인해 많은 혈액을 잃어버렸고 지나친 몸싸움과 머리의 상처로 인해 절대 움직일 수 없다고 생각한 자신의 근육에 이상하리만큼 신비로운 힘이 채워지는 것이었다.

어릴 적부터 지금까지 평소에 자신을 그렇게 귀여워해 주셨고 애지중지 돌봐주셨던 아버지의 간절한 도움인지는 모르겠지만 자신도 모르는 엄청난 에너지가 보충되며 다시 근육에 힘을 되찾은 홍 사무장은 평소 알고 있는 조종실 내 기내 화재진압용 도끼Crash Axe*[1] 위치를 순간적으로 다시 한번 확인하였고 온 힘을 다해 일어서는 동시에 도끼를 집어 들어 강숙희를 발로 타격한 후 머리를 부기장 쪽으로 한 상태에서 기장을 치기 위해 발을 다시 오므리고 있는 김홍도의 머리 정중앙 부분을 향해 내리쳤으나 있는 힘을 다해 도끼날을 요리조리 피하는 김홍도에게 치명상을 입힐 수는 없었다. 이때,

"사무장님 테이저, 테이저"

"등 뒤 테이저건 있잖아요!"

아랫배를 타격당해 잠시 기절한 후 하혈을 하고 있었던 강숙희가 조종실에서 마지막 혈투를 벌이고 있는 홍 사무장에게 있는 힘을 다해 소리쳤다.

김홍도와 사력을 다해 싸우고 있어서 자신이 가지고 있던 테이저건을 깜박 잃어버렸던 홍 사무장은

"아…. 그렇지"

"테이저"

순식간에 자신의 등 뒤에서 묵직함을 확인하였고 오른손을 뻗어 등 뒤에 있던 테이저건을 집어 들어 김홍도를 겨누었다.

*[1] 인명 살상용이 아닌 화재진압용으로 조종실에 비치하는 도끼이며 사람에게 내리치면 치명상을 입힐 수 있다

수십 분 전 강숙희의 테이저건에 맞아 끔찍한 경험을 해 본 김홍도는 홍 사무장이 테이저건을 다시 자신에게 겨누자 피하려고 하였으나 조종실의 센터 페데스탈 사이에 끼어 꼼짝달싹할 수 없는 상태가 되었다.

군에서 권총 사용 경험이 있는 홍 사무장은 김홍도의 가슴 부위를 정확히 조준한 뒤 정말 마지막 일지도 모르는 분노의 방아쇠를 당겼다.

"탕"

"퍽"

"퍼 벅"

총구에서 날아간 예리한 탐침 두 개는 정확히 김홍도의 가슴 정중앙에 꽂혔고 이어 5만 볼트의 강력한 전류가 흘러 이미 테이저를 두 번 맞아 빈사 상태이던 김홍도의 심장은 3번째의 엄청난 충격으로 더는 활동할 수 없었고 모든 움직임을 즉시 접은 동시에 각 신체 부위에 혈액 공급은 중단되었다.

눈을 뜬 채로 즉사한 김홍도의 이마에는 머리 피부 내부에서 비집고 나온 선홍색의 땀과 피가 범벅이 되어 줄 줄 흐르기 시작했다.

"기장님 끝났습니다."

"이제 착륙준비 하시죠…."

"기장님 이제 모든 상황 끝났습니다."

"강서국제공항에 착륙준비 하셔야죠…."

홍 사무장이 얼굴에 범벅이 된 김홍도의 침과 피를 닦으며 말했고 마지막 영혼의 힘까지 모두 소진한 이후 더는 서 있는 것조차도 힘들었던 홍 사무장은 의식이 가물가물해지고 다리가 풀리며 마치 잡힌 지 오래된 연체동물 오징어처럼 조종실 바닥에 다시 쓰러지게 되었다.

조종실과 객실에서 이러한 처참한 상황이 벌어지는 동안 조종실 박 기장과 부기장은 테러범 김홍도의 진압에만 신경을 집중하였기 때문에 미래항공 2708편 비행기는 강서국제공항을 한참 지나쳐 일산, 파주, 한강 비무장지대 상공으로 진입하게 되었고 여기서 1분만 더 오른편으로 비행하면 서해의 군사분계선을 지나게 되는 사실을 새까맣게 모르고 있었다.

한편 북한의 황해북도 황주 군에 있는 황주 공군기지에서도 미래항공 2708편의 접근을 시시각각 상황을 전해주는 CNN 외신방송과 자신들의 레이더를 통해 예의주시하고 있었으며 기수를 돌리지 않고 계속 북한 쪽으로 접근하자 자신들이 소유한 전투기 중 최신예인 미그-23 전투기 2대를 비상활주로에 정대하여 대기시켜 놓고 날개 파일론에 미사일을 무장한 채 출격 준비를 하고 있었다.

하지만 미래항공 2708편은 북한 측 레이더 화면에서 볼 때 전혀 기수를 돌릴 생각이 없어 보였고 계속 서해인 군사분계선을 아슬아슬하게 북한영공을 침범하며 비행하고 있었기에 황주 북한군 군사 공항에서는 미그-23 전투기 편대에 이륙명령을 내렸다.

"여기는 황주 공항 관제탑, 미그-23 전투기는 즉각 발진하라."

"여기는 황주 공항 관제탑, 미그-23 전투기 즉각 발진하라."

황주 공항의 이륙명령을 하달받은 미그-23 전투기는 배기구에서 시뻘건 화염을 내뿜으며 활주로를 박차고 올라 미래항공 2708 비행기를 요격하기 위한 고도까지 수직으로 상승하고 있었다.

이때 미래항공 2708편 조종실에는 강서국제공항 관제탑에서 보내는 다급한 무선통신이 조종실 스피커를 통해 박 기장과 부기장의 고막을 찢어버릴 듯 울려 퍼졌다.

"미래항공 2708 여기는 강서국제공항 관제탑"

"미래항공 2708 여기는 강서국제공항 관제탑"

"응답하라"

"응답하라"

강서국제공항 관제탑의 긴급한 호출에 박 기장이 무언가 잘못되어 가고 있다고 느끼고 대답하였다.

"미래항공 2708편입니다. Go ahead." 박 기장이 대답하자마자

"지금 당장 헤딩을 180원,에잇,지로 으로 하고 신속히 항로를 이탈해 주시기 바랍니다"

"미래항공 2708편은 지금 군사분계선을 넘어가려고 하고 있으며 북한군 전투기 두 대가 방금 요격하기 위해 이륙했습니다."

"지금 즉시 항로를 바꿔 현 위치에서 이탈해 주시기 바랍니다."

강서국제공항 관제탑에서 관제사가 숨 가쁜 소리로 즉시 비행기의 항로수정을 요청하였다.

"아"

"몰랐어,"

박 기장은 잠시 탄식을 내뱉으며

"부기장 헤딩 180"

"부기장 헤딩 180도로 돌리란 말이야!"

"빨리!"

이에 부기장이 깜짝 놀라며 왼손으로 FCU에 있는 헤딩 노브를 돌려 방위각 180도 방향으로 급히 수정하였고 식은 땀을 흘리고 있던 박 기장에게

"헤딩 180세트"

"컨펌Confirm 180원, 에잇, 지로"이라고 외쳤다.

박 기장은 헤딩이 수정 완료된 것을 보고 안도의 숨을 내쉬었으나 여객기는 전투기처럼 방향을 수정해도 곧바로 선

회, 상승, 하강을 할 수 없게 설계되어 있고 한쪽 엔진의 추력을 잃어버린 터인지라 더 천천히 큰 원을 그리며 선회를 시작하려고 하였으나 곧이어 조종실에 장착된 TCAS Traffic Collision Avoidance System*[1]에서 긴급하고 날카로운 경고음을 발신하고 있었다.

"Traffic 트래픽."
"Traffic 트래픽."
"Traffic 트래픽."

이러한 경고 음성은 비행물체가 빠른 속도로 미래항공 2708편 정면에서 다가오고 있다는 것 그리고 양 비행기가 곧 충돌 직전이니 신속히 기수를 틀어 회피기동 하라는 것을 미리 알려주고 있는 것이었다.

기장과 부기장은 평소 교육을 통해 이러한 경고음을 들으면 즉시 회피기동에 들어가야 한다는 것을 알고 있었으나 조종실 격투 상황이 너무 긴박했고 갑자기 미래항공 비행기 전면에서 두 개의 검은점이 나타난 상황인지라 조치할 엄두를 내지 못했다. 그 사이 북한 쪽 상공 쪽에서 미그-23 전투기가 눈 깜박할 시간보다 더 짧은 시간에 총알처럼 다가와 한 대는 미래항공 2708편 왼편으로 또 한 대는 오른편으로 엄청난 굉음과 불꽃을 보이며 충돌하지 않은 것이 이상할 정도로 종이 한장 차이로 아슬아슬하게 미래항공 2708 비행기를 스치듯 지나갔다.

"윙 쿵"

"윙 쿵"

조종실에서 언뜻 보기에도 대한민국 전투기가 아닌 북한군 미그-23 전투기였고 마하 2 Mach 2[*2] 속도를 유지한 채 워낙 가깝게 접근하여 스쳐 지나간 관계로 엔진 한 대로 간신히 고도를 유지하며 비행하고 있던 미래항공 비행기가 충격파로 인해 좌우, 상하로 심하게 흔들렸고 기체 전체가 위아래로 파도가 요동치듯 움직이고 있었다.

미래항공 비행기 조종실에서는 스쳐 지나갔던 북한군 전투기가 잠시 후 다시 자신들을 요격할 것으로 생각한 박 기장은 조종간을 잡은 손에 식은땀을 흘리며 공포감에 추가 요격을 숨을 죽이고 있었지만, 북한 영공침범 금지 경고에 성공한 미그-23 전투기 2대는 기관포 발사나 미사일 추적 등 더는 위협적인 기동을 하지 않고 후미의 파란 불꽃 꼬리를 끌며 북한 상공으로 넘어가고 있었다.

"어머 이건 또 뭐야."

"억"

"무슨 소리지?"

영문도 모른 채 알 수 없는 큰 굉음이 울렸고 새까만 물체가 5m의 간격만 남기고 미래항공 2708편 왼쪽, 오른쪽을

*1 공중충돌방지장치: 공중에서 비행기끼리 충돌을 방지하기 위해서 주위를 감시하여 알려주는 장치, "티 카스"라고 함.

*2 속도를 나타내는 기준으로 마하 2는 음속의 2배 속도인 시속 2천400km 속도이다

부딪치듯 스치며 지나가자 B737-800 비행기는 미그-23 전투기의 후류*[1]로 인해 요동치는 바람에 객실의 승객들은 또다시 큰 공황 상황에 빠지게 되었고 조종실에서 김홍도에게 아랫배를 가격당해 쓰러져 있던 강숙희 승무원은 이러한 강한 기체요동 덕분에 그동안 잃어버렸던 의식을 약간 회복하게 되었다.

공중대치 종료, 홍 사무장의 영혼

모든 광경을 안양시 근처 3만 피트 고도에서 지켜보던 피스아이 조기경보기는 미래항공 2708편을 감시하고 있던 대한민국 공군 F-35A 전투기 2대 에게 남쪽으로 물러나서 고도를 유지할 것을 명령하였고 북한군 미그-23 전투기가 황주 군기지 공항을 이륙한 사실과 미래항공 비행기에 접근하고 있는 상황 그리고 절대 피스아이 조기경보기의 허락 없이 미그기와 공중 교전을 해서는 안 된다는 지시를 내렸었다.

공중에서 충돌이 일어나면 자동으로 육지와 해상전투로 연결된다는 정보를 미리 알고 있던 해병대 사령부는 서부전선 교동도 소재 해병대 부대원들에게 전원 전투태세 준비하라는 긴급 전문을 보냈었지만, 이번에는 하늘이 도왔는지 더

*[1] 전투기가 빠른 속도로 지나가게 되면 배기구에서 나오는 추력과 공기를 가르며 비행하는 물체 뒤에서 나다나는 불규칙한 공기흐름

이상의 군사적 충돌은 일어나지 않았다.
상황이 긍정적이고 호의적인 사태로 돌아가자 병사들에게 실탄을 지급했던 해병대 중대 본부에서도 지급한 실탄을 회수하였고 북한 쪽을 겨누고 있었던 K-9 자주포의 포구 방향도 서해 쪽으로 다시 돌려 실수로 인한 북폭을 방지하며 평온을 찾아가고 있었다.

사실 북한의 황주 공군기지에서 비상 출격한 북한군 미그-23 전투기와 북한 관제탑도 가까이 다가오는 비행물체가 남조선의 여객기라는 사실을 알고 있었으나 대한민국의 비행기가 워낙 군사분계선에 가까이 다가오니 그네들도 손 놓고 바라만 보고 있을 수는 없었던 상황인 것이었다.
이때 피스아이 조기경보기에서 F-35A 조종사인 김소령과 박 대위에게 무선으로 통보하였다.

"모든 적대 행위 종료"
"독수리 편대 RTB Return To Base*1"
"독수리 편대 RTB"
독수리 1호기 조종사인 김소령이 대답하였다.

"독수리 편대 RTB"
"롸져."
김소령은 민간항공기가 테러범에게 납치될 경우 발생할 더 큰 위험을 막으려는 고육지책이었지만 국민이 탑승한 비행기에 기관포 사격을 가해 위험에 빠트렸다는 자책감에 사로잡혀 가슴이 맷돌처럼 무거웠고 눈가에 촘촘히 이슬이 맺혔으나 윙맨인 박 대위에게 이러한 자신의 모습이 보이지 않도록 까만색 조종 헬멧 고글의 햇빛 가리개를 다시 내렸고 착잡한 마음을 감추며 김소령의 전투기와 거의 수평으로 날고 있던 윙맨 박 대위에게 손가락을 빙빙 돌려 청주기지로 돌아가자는 표시를 하였다.

이내 두 대의 F-35A 전투기는 차례대로 조종 스틱을 왼쪽으로 급히 꺾어 전투기를 뒤집어 급강하시켰고 AB After Burner[*2]장치를 가동하여 음속을 가볍게 돌파한 후 수도권의 저녁 하늘을 날카롭게 찢으며 긴급발진했던 청주 공군기지로 돌아가고 있었다.

한편 김홍도가 테이저건의 전기 충격으로 인해 죽기 전, 발로 복부를 가격당해 기절했던 강숙희 승무원은 조종실에서 의식을 되찾은 뒤 자신의 발아래 쓰러져 있는 홍 사무장을 발견하곤 김홍도의 발차기에 맞아 피가 흐르며 아픈 배를 움켜쥐고 급히 객실 천정에서 P02 Bottle[*3]을 가져와 홍 사무장의 입과 코에 마스크를 씌워 산소를 공급하는 동시에 양손을 사용하여 가슴을 압박하며 소리쳤다.

[*1] 임무 수행 중인 전투기는 자신이 이륙한 기지로 복귀하라는 명령

[*2] 비행기의 추력을 가속하는 장치

[*3] 휴대용 산소호흡기: 객실승무원들이 기내 감압상황이 되거나 응급환자에게 고압 산소를 공급하는 장치

"사무장님"
"사무장님 정신 차리세요."
"제발 정신 좀 차려주세요."
"오빠…. 흑흑"
"사무장님 제발…."
"선배님…. 여기 빨리 AED Automated External Defibrillator*1 좀 가져다주세요!" 강숙희가 이선자 승무원에게 큰 소리로 울면서 소리쳤다.

"여기 있어요."
이선자 승무원이 황급히 기내 앞쪽에 보관하고 있던 AED 뚜껑을 열어 강숙희 승무원에게 가져다주었고

"선배님 AED 전원 스위치 좀 눌러주세요." 강숙희 승무원이 요청했다.
"이게 전원 스위치죠?" 간호경험이 없는 이선자 승무원이 강숙희에게 물었다.
"네. 맞습니다."
"그리고 사무장님의 상의를 벗겨주세요."
신속하게 홍 사무장의 넥타이와 와이셔츠를 풀어 상의를 탈의한 뒤 AED 안에 있던 두 개의 패드를 군에서 훈련과 운동으로 단련된 홍 사무장의 왼쪽 갈비뼈 아래, 오른쪽 가슴 위에 붙였다.
역시나 AED의 자가진단 결과는 "전기 SHOCK"을 가하라는 것이었으며 빨리 충격을 주어야 한다고 빨간색 전기 충

격 버튼이 미친 듯이 번쩍이고 있었다.

대형병원 간호실습 경험이 많은 강숙희 승무원이 능숙하게 전기 충격 버튼을 누르자마자 AED에서 강한 전류가 홍 사무장의 심장으로 흐르기 시작했다.

"풀썩"

"풀썩"

몸이 AED에서 전해오는 전기 충격으로 약간씩 들썩였으나 표정은 그리 나빠 보이지 않고 오히려 이상하리만큼 편안해 보였다.

홍 사무장이 오늘 비행 후 계획한 것은 강서구 마곡동 카페에서 만나 자신의 마음속 깊이 내재되어 있는 사랑의 감정을 다시 꺼내 보여주고 싶었던 것이었으나 이제 자신의 육신은 의식과는 정반대로 그들의 간절한 소망을 들어주는 것을 질투하여 의식과 무의식 서로 교차하며 힘겹게 싸우고 있었다.

최종 심판자인 하늘은 육체가 영면에 이르도록 도와주는 무의식의 손을 들어주는 것처럼 보였으며 이러한 와중에도 불구하고 홍 사무장은 모처럼 아름답고

*[1] 심정지 환자나 심세동 환자에게 전기 충격을 가해 심장을 다시 살리는 휴대용 응급기구, 비행기 및 철도에 탑재되어 있다

황홀한 꿈을 꾸고 있었던 것이었다.

"오빠"

"나 사랑해?"

"아니."

"거짓말"

"나 사랑하고 있는 거 다 안다."

"어떻게 알아?"

"표정을 보면 알 수 있지롱…."

"우리 비행 끝나고 마곡동 카페에서 커피 마시자."

"오케이."

"음, 오빠 아니 우리 사무장님. 사랑해요."

"그리고 헤어지기 전 마지막 MT 비용은 내가 냈으니 오늘 커피는 오빠가 사야 해."

"오케이 콜."

"그리고 나 사실 오늘 숙희 너와 함께 비행하게 될 줄 미리 알고 있었어…."

"영원히 못 만날 줄 알았거든, 너무 반갑더라."

"그래서 큰맘 먹고 이거 준비했다."

하며 홍 사무장이 젊은 시절 거금을 투자해 시내 백화점 명품관에서 준비한 오색무늬 명품 실크 스카프를 강숙희에게 보여주려고 환한 미소를 지며 몇 번이고 자신의 목에 걸려는 행동을 시도하였으나 반짝이는 오색무늬 실크 스카프는 번번이 홍 사무장의 목을 뒤에서 앞쪽으로 아무런 걸림 없이 그냥 통과해 버리고 말았다.

답답한 마음에 다시 스카프를 걸어보려고 하였으나 이번에도 실패하였다.

할 수 없이 이번에는 모든 힘을 다해 강숙희의 가슴을 따뜻하게 안아주려고 하였으나 이번에도 안으면 달아나고 또 안으려 하면 달아나고 결국 안아볼 수 없었다.

이때 홍 사무장은 깨달았다.

"자신은 이제는 세상의 육신을 가진 사람이 아닌 영혼이라는 것을…"

홍 사무장의 몸은 강숙희 승무원의 염원에도 불구하고 시간이 감에 따라 차갑게 식어가고 있었으며 마지막으로 끊어지는 청력을 간신히 붙잡아 강숙희 승무원의 흐느끼는 울음소리를 어슴푸레 들을 수 있었다.

강숙희의 슬픈 울음을 뒤로하며 세상의 육신과 무거운 책임감을 벗어버려 한층 가벼워진 홍 사무장의 영혼은 자신이 근무하고 있던 미래항공 2708편 비행기의 두꺼운 알루미늄 철갑에서 벗어나 모처럼 하늘을 자유스럽게 비상하고 있었다.

미래항공 2708편의 착륙

한편 모든 국민의 염원과 군 전투기, 조기경보기 그리고 군사분계선을 넘어가지 않도록 경고한 북한공군 미그-23 전투기의 도움을 받아 한 개의 엔진만 사용하여 강서국제공항에 기적적으로 비상 착륙한 미래항공 2708편은 기관포 사격으로 파손된 왼쪽 1번 엔진에서 아직 시꺼먼 연기를 주위로 뿜어내고 있었으며 수직꼬리날개 역시 총탄에 맞아 너덜너덜한 모양으로 활주로에서 견인차Towing Car*1에 의해 견인되어 주기장에 도착하였다.

박미선 승무원이 비행기에서 내리기 전 마지막 기내 정리를 하기 위해 조종실 내부에 들어가자 기장과 부기장은 녹초가 되어 의자에 머리를 기대고 있었고 바닥에는 원래 입고 있던 하얀 와이셔츠에 배와 어깨에 총상으로 큰 구멍이 두 개 뚫린 채 셔츠의 색깔이 새빨갛게 염색될 정도로 많은 피를 흘린 홍 사무장은 AED의 처치를 받는 와중에도 테이저건을 손에 움켜쥐고 있었으며 혼이 빠진 사람처럼 멍하니 퀭한 눈동자로 아래쪽을 내려다보고 있는 강숙희 승무원의 무릎에 머리를 기대고 조종실 바닥에 엎드려 있었다.

조종실 의자에 머리를 기댄 부기장의 무릎에는 홍 사무장에게 테이저건을 맞아 눈 뜬 채로 사망한 김홍도가 널브러져 있었고 맞을 당시 튀긴 혈액과 땀의 부산물이 부기장석 앞 FCU 패널과 조종실 전면 유리를 피투성이로 만든 상태였다.

박미선 승무원이 눈을 들어 조종실 벽면과 센터 페데스탈을 보니 여기저기 찍히고 갈라진 모습이 공중 피랍 당시 홍 선홍 사무장과 강숙희 그리고 조종사들과 테러범 김홍도, 양춘자 간의 싸움이 얼마나 심했고 처절했는지 가늠할 수 있었다.

한편 이선자 승무원이 본 앞쪽 갤리 부근의 광경 역시 처참하기 이를 데 없었다.

미래항공과 아무 상관 없었지만 승객의 한 사람으로서 나머지 승객과 기체를 보호하고자 용기를 갖고 기꺼이 자신의 육체를 희생한 남자 승객 2명, 앞 좌석에 앉았다는 이유로 김홍도에게 끌려 나와 총탄을 맞은 중년 여성 승객 모두 노

*[1] 비행기를 끌이서 목적지에 견인해주는 차. 노란색으로 칠해져 있다

란색 구명조끼를 입고 있어서 지상 구급대원들이 금방 파악하여 조치할 수 있었고 보행장애인을 위장해서 기내에 폭발물을 반입하였고 동료인 김홍도를 구하려다 홍 사무장에게 할론 소화기로 머리를 맞고 소화액에 질식한 양춘자가 빨간색 구명조끼를 입고 부풀려진 채 갤리 바닥에 등을 댄 채 엉켜 누워 있었다.

다행히도 김홍도의 발길질에 혀를 잘린 남자 승객 역시 노란색 구명조끼를 착용하고 있어서 신속히 구급대에 발견되어 현장에서 접합수술 및 지혈이 완료되었다.

의식이 없는 홍 사무장, 사망한 남자 승객을 제외한 박기장, 부기장, 강숙희, 박미선, 이선자 5명 운항, 객실승무원들은 승객이 모두 비행기에서 내린 후 뒤편 문을 이용해 조용히 하기할 예정이었다.

견인차에 의해 견인된 비행기가 주기장에 천천히 들어와서 대기하고 있던 항공기 유도직원인 마셜Marshall*1의 지시에 따라 완전히 정지하자 스텝 카가 바로 기체에 따라붙어 승객들이 내릴 수 있도록 스텝 사다리를 접안시켰고 홍 사무장 사망 후 최선임 승무원인 박미선 승무원에 의해 비행기 왼편 제일 첫 번째 문L1이 열리면서 강서국제공항의 깨끗하고 산소를 잔뜩 머금은 신선한 공기가 비행기 객실로 엄청난 소리를 내며 흡입되었다.

"쉬~~익"

"너무 신선한 공기네."

"이렇게 좋은 공기를 매일 마시면서 왜 몰랐을까?"

이제 두 번 다시는 경험해 보고 싶지 않은 공중 피랍의 순간을 피부로 체험한 승객들은 미래항공 2708편에서 내리면서 모두들 한마디씩 이야기했다.

"이제야 살 것 같네."

"너무 힘들었어요."

"살아 있다는 게 정말 꿈만 같아요."

"하나님 감사합니다."

"제2의 인생이라고 생각하고 열심히 봉사하며 살겠습니다."

"우린 축복받은 승객이었어요."

"앞으로 살면서 우리를 지켜준 객실승무원, 조종사에 대한 무한 존경을 계속 지니고 나머지 생을 살겠습니다."

"우리를 지켜주시고 돌아가신 홍 사무장에게 감사하고 테러범에 대항하여 끝까지 도와준 공군에게 감사해요."

각양각색의 비행 피랍 소감을 쏟아 내는 승객들에게 취재기자들이 달라붙어 열심히 취재하고 있었고 마지막 승객까지 전원 비행기에서 내린 후,

머리에 붕대를 두른 박 기장과 암적색 혈액으로 물들여진

*1 주기장에 들어오는 비행기를 안전하게 주기할 수 있도록 양손에 붉은색 표식을 들고 앞에서 유도하는 조업원

미래항공 승무원 유니폼을 입은 미래항공 객실승무원들이 미래항공 비행기에서 하기를 시작하자

이들을 둘러싼 취재기자들의 조명 열기를 승무원들에게 비추어대 가뜩이나 체온이 많이 올라간 상태의 운항, 객실승무원들을 더 후끈하게 만들었다.

"박 기장님 소감 한마디 해주세요."

"사망한 홍 사무장은 테러범들을 어떤 무기로 때려눕혔나요?"

"사망자는 몇 명이고 테러범 신분은 밝혀졌나요?"

"승무원들은 미리 알았나요?"

"어떻게 테러범들을 제압할 수 있었나요?"

"남자 사무장은 어디에 있나요? 안 보이네요."

"조종실과 객실의 분위기를 알려주세요."

"강숙희 승무원 한 말씀 부탁드립니다."

기자들의 뜨거운 취재 열기에 박 기장을 비롯한 승무원들은 침묵을 유지한 채 터벅터벅 걸어 나가며 이렇게 답하고 있었다.

"……"

"……"

이때 강서국제공항 에이프런Apron*1에 주기 한 미래항공 2708편 비행기 주변을 자유스럽게 훨훨 날아다니던 홍 사무장은 그동안 세상에 태어나서 가족과 함께 살아왔던 추억, 학교에서 강숙희와 함께 재미있게 눈을 맞추며 아르바이

트와 공부를 병행했던 경험, 미래항공에 입사해서 비행하다 전혀 예상할 수 없었던 오늘의 큰 비행기 피랍사건을 막아왔던 자신의 육체가 지상 조업원들에 의해 하얀 천에 정성스레 둘러싸여서 스트레처Stretcher[*2]에 실려 비행기에서 내리는 모습과 옆에서 자신을 덮은 하얀 천을 끝까지 놓지 않고 흐느끼는 강숙희 모습을 공중에서 볼 수 있었고 자신도 모르게 양쪽 눈에서 하염없이 뜨거운 눈물이 흘러내리고 있었으나 옷깃으로 눈물을 닦을 수도 없었고 지울 수도 없었다.

이제 홍 사무장은 세상 사람들이 당연히 느껴야 할 서럽고 슬픈 감정도 전혀 느껴지지 않았으며 아무 말도 하지 않고 마치 큰 자석에 끌려가고 있는 물체처럼 멀리 서해안 바다 밑으로 수줍게 자신의 모습을 감추고 있는 "붉은 석양"을 향해 천천히 그리고 여유 있게 날아가고 있었다.

*1 에이프런: 주기장이라고 하며 비행기가 주기하여 승객의 탑승,하기,연료보급,청소,정비등을 할 수 있는 장소

*2 스트레처: 중상이거나 움직일 수 없는 환자 승객을 이동시키기 위해 제작,운영되는 침대

두 개의 태양

강숙희, 이선자 승무원이 기내에서 실시한 AED 전기 충격에도 반응이 없어 사망한 것으로 처리된 홍 선홍 사무장의 육체는 강서국제공항에 착륙한 뒤 소방서 119 구급대에 의해 공항에서 5분 거리에 있는 강서구 발산역에 있는 대형 종합병원으로 긴급 이송되어 응급수술대 위에 놓여 있었고 국내 총상 치료 분야에서 최고의 의료기술을 자랑하는 7명의 전문의가 수술대를 둥그렇게 둘러싸고 있었다.

잠시 침묵이 흐르더니 최선임 김광식 전문의가 말문을 열었다.

"음…. 일단 카디악 어레스트Cardiac arrest[*1]상태."

"기내에서 AED를 사용했다지만 마지막으로 병원용 DC 충격기를 사용해 보는 것이 좋을 듯하네요."

"솔직히 정말 힘들 것 같지만…."

"만일 실패하면 수련의는 사망 선고 준비해 주세요."

“현재 시각 18시 35분, 사망원인은 총상으로 인한 과다 출혈 쇼크 및 심정지.”

“네. 알겠습니다.”

“먼저 에피네프린Epinephrine[2] 주사 준비해 주시고 DC SHOCK전기 충격 준비.”

수련의가 홍 사무장의 허벅지에 고농도 에피네프린을 신속히 투여했다.

잠시 후,

“에피네프린 반응 전혀 없습니다.” 수련의가 말했다.

“DC SHOCK!”

김광식 전문의가 다리미처럼 생긴 전기충격기를 양손으로 집어 들며 주위 전문의들에게 말했다.

“100줄!」*[3, 4]

“쿵, 쿵”

*1 심정지

*2 교감신경흥분제, 심장마비 환자에게 허벅지 주사해서 심장을 자극하여 활성화하는 약물

*3 1줄은 1뉴턴(N)의 힘으로 물체를 1미터(m)로 이동시키는 에너지. 1뉴턴은 질량 1kg의 물체를 1m/s2 가속 시키는 힘이며 102g의 질량과 맞먹음. 성인 심장은 대략 300g 나가니 엄청난 에너지임

*4 성인 심장은 대략 300g 나가니 엄청난 에너지임

“반응 없습니다.” 수련의가 김광식 전문의에게 말했다.
“200줄!”
“쿵, 쿵”
“반응 없습니다.” 다시 한번 수련의가 말했다.

“마지막 360줄!”
“쿵”
마지막 360줄 전기 충격으로 몸이 붕 떴다가 가라앉은 홍 사무장의 육신 내부에서는 외부 전기 충격으로 인해 심장의 근섬유와 신경이 자극되었는지 한동안 정지되었던 심장이 다시 꿈틀대며 기적적으로 수축, 팽창하기 시작하였고 곧이어 피를 뇌와 전신에 공급하기 시작했다.

수술실에서 이러한 소란이 있는 와중임에도 불구하고
홍 사무장은 다시 한번 아름답고 황홀한 꿈을 꾸며 서해안의 “붉은 석양”을 따라서 천천히 그리고 여유 있게 날아가고 있었으나, 하지만 이내 창공을 날고 있던 자신의 두 눈을 의심할 이상한 일이 발생하는 것이었다.
그것은 당연히 서해 속으로 사라져야 할 낙조 즉 자신이 아무런 저항 없이 따라가고 있던 저물어가는 붉은 석양이 잠시 멈추는 듯 움찔하더니 멀지 않은 옆에 훨씬 큰 한 개의 태양이 더 생겼고 크고 멋진 태양은 동해 방향으로 다시 솟아오르고 있는 게 아닌가.

“음”

"낙조 옆에 더 큰 태양이 생겨 일출로 바뀌다니 꽤 신기하네…."

"세상에서 정말 볼 수 없는 이상한 풍경이네."

"태양의 색은 두 개 모두 붉은색으로 동일한데 뜨고 있는 모습의 태양은 더 크고 너무 아름답구나."

"한꺼번에 두 개의 태양?"

"그런데 그게 가능한 일인가?"

"어떻게 이런 일이 일어나지?"

"나는 어떤 태양을 따라가야 하나?"

이어 홍 사무장은 서해로 지고 있는 붉은 석양을 따라가는 것이 아니라 방향을 바꿔 동쪽으로 떠오르는 크고 육중한 붉은 일출을 향해 머리를 들어 힘차게 날아오르기 시작했다.

지고 있는 석양이 아닌 솟아오르고 있는 태양 쪽을 향해 한참 상승하고 있던 홍 사무장은 자기를 둘러싼 의사들의 희미한 목소리를 어슴푸레 들을 수 있었다.

"어!"

"어!"

"전문의님 이것 좀 봐주세요!"

수련의가 모니터에 연결된 홍 사무장의 심장박동 그래프를 보더니 흠칫 놀라며 김광식 전문의에게 말했다. 수련의는 말하는 것이 아닌 외친 것으로 표현하는 게 맞을듯하게 충혈된 눈자위에 미세한 경련을 일으키며 큰소리로 주위 의사들을 소환했다.

"어"

"이게 뭐지?"

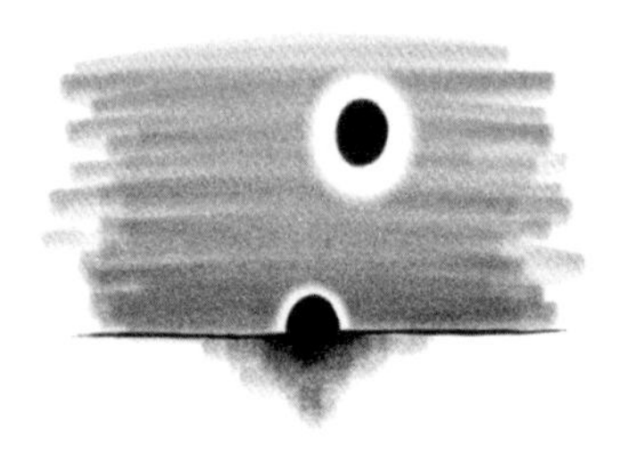

"이렇게 소생할 수 있나?"

"아…. 정말 있을 수 없는 일이네."

"나도 심장 전문 병원 응급실 운영하면서 처음 겪는 일입니다."

"360줄은 유족을 위해 입관 전 마지막으로 한번 시도해 보는 통과 관례인데 여기 반응하다니 정말 놀랍네요."

"이것 좀 보세요"

수술실 전문의, 수련의가 눈을 동그랗게 뜨고 심장박동 모니터를 주시해보니 놀랍게도 홍 사무장의 심장 그래프는 사망 선고 직전 수평 일직선 모양에서 벗어나 위아래 굴곡이 생겼고 이내 높은 산 정상과 깊은 계곡 모양을 그리며 다시 반응하고 있었다.

"아냐…. 이건 우리가 한 것이 아니라 신이 살렸다고 보면 돼."

"정말 신기한 일이네요"

"혹시 보호자 분 바깥에 계신가요?"

한숨 돌린 김광식 전문의가 수련의에게 물었다.

"네. 같이 근무하였던 여승무원이 현재 응급실 바깥에 있는 것으로 알고 있습니다."

"그러면 지금 빨리 나가서 환자의 현재 상태를 설명해 드리시죠."

비행 중 일반 사람들은 평생 한 번도 만나기 어려운 엄청난 상황을 겪었고 자신의 몸을 돌보지 않고 홍 사무장을 따라서 병원까지 왔다가 너무 지쳐서 수술실 바깥에서 기다리다 지쳐 깜박 잠든 강숙희 승무원의 어깨를 응급실에서 황급히 뛰쳐나온 수련의가 황급히 흔들며 외쳤다.

"저 보호자 분, 일어나보시죠."

"이상한 일이 발생했습니다."

"심장과 호흡이 멎었던 환자분이 다시 소생하신 것 같아요."

"저하고 같이 들어가셔서 확인해 보셔야 할 것 같네요."

환자가 다시 소생한 것을 처음 경험한 수련의가 강숙희에게 강한 긴장감 탓인지 더듬거리며 말했다.

Joy of Restoration

"네?"

"뭐라고요?"

"다시 한번 말씀해 주시겠습니까?"

"사무장님 아니 오빠가 다시 살아났다고요?" 강숙희가 물었다.

"환자분이 살아났습니다."

"저도 이런 경우는 처음입니다."

"같이 들어가 보시죠."

원래 수술관계자 이외에는 절대 출입금지 지역이었지만 병원 창립 이후 심장 충격 DC Shock 360줄을 통해 살아난 환자가 처음인지라 놀랍고 당황한 수련의가 응급실과 연결된 수술실의 문을 열어 강숙희가 들어갈 수 있는 공간을 만들어주었다.

강숙희가 수련의와 함께 응급실을 통해 수술실로 들어가

자 엄지발가락에는 이름표가 달려 있고 여러 가지 응급처치 기구에 둘러싸여 각종 주삿바늘을 꽂은 채 차가운 스테인리스 철판 위에 누워 있는 홍 사무장을 볼 수 있었으며 수련의가 설명해 준 대로 조종실에서 볼 때와는 달리 유심히 보면 얼굴에 약간의 회색이 돌아와 있는 것을 볼 수 있었다.

"오빠"

"사무장님…."

"저예요, 내 목소리 들리나요?"

"들리면 손을 움직여보세요."

"선물, 선물!"

"스카프 저에게 선물하셔야죠."

"스카프 주세요"

"그리고 고백해 주세요"

강숙희가 홍 사무장의 손을 잡고 귀에다 입술을 대고 작지 않은 소리로 외쳤다.

이때 무언가 말하고 싶었고 잡고 느끼고 싶었던지 홍 사무장의 입과 손이 약간 꿈틀거리며 반응하기 시작했다.

"신이시여. 감사합니다."

"다시 살아나 주셔서 고맙고요."

"그리고"

"저 아직 오빠 사랑해요."
"일어나시면 저 열심히 사랑해 주세요."
"그리고 멋진 스카프 받을게요."
강숙희는 홍 사무장의 손을 꼭 잡은 채로 뜨거운 눈물을 흘리며 말했다.

"이제 어느 정도 긴급한 치료는 마쳤으니 중환자실로 옮기셔서 절대 안정을 취하면 상태가 호전되리라 생각합니다."
"너무 큰 기대는 하시지 마시고요. 이런 상태에서 깨어난 것만 해도 정말 기적이라고 말할 수 있습니다."
"자…. 좀 더 집중치료가 필요하니 이제 나가셔서 기다려 주시기 바랍니다."
김광식 전문의가 강숙희 승무원의 어깨를 감싸며 말했다.

강숙희는 소매로 눈물을 닦으며 전문의 권유로 차마 놓기 싫은 홍 사무장의 손을 놓고 떨어지지 않는 발길을 돌려 수술실 바깥으로 힘없이 터벅터벅 걸어 나오고 있었다.
수술실 바깥쪽은 강숙희가 결과를 기다리고 있었던 때와 마찬가지로 여전히 긴 시간 동안 수술자의 가족, 친지 보호자들이 한때는 절망적 상황이었지만 이제는 희망적 수술 결과만을 기다리는 중이었고 그들은 슬픔과 아쉬움 그리고 희망적, 절망적인 수술 결과를 각각 통보받아 기대감과 기쁨에 감격하고 이별의 아픔을 삼키려는 사람들로 가득했으며 강숙희 승무원도 20대 초반 인지라 건강한 신체를 가지고 있어 아직까지 몰랐지만, 대형병원의 응급 수술실 바깥 풍경은 삶과 죽음이 서로 뒤엉켜 엎치락뒤치락 싸우고 있는 경계석 없는 혼잡한 교차로와 흡사하다고 생각했다.

"그래. 전혀 기대하지 않았던 희망적인 통보잖아."

"어쨌든 승객과 비행기 구하고 홍 사무장님도 살고 우리도 무사하잖아."

"기적인 것만큼은 틀림없어."

"우리가 잘한 것은 맞지, 암 맞고말고"

"홍 사무장, 박기장, 부기장, 강숙희, 박미선, 이선자! 모두 Good Job!!"

"미래항공 2708편 파이팅!"

스스로 자위하며 수술실 바깥으로 걸어 나온 강숙희는 생에 첫 비행인 양양행 미래항공 2708편 탑승 후 지금까지 물 한 모금 마시지 못해 자신의 혀가 거북등처럼 갈라지고 있을 정도의 극심한 갈증을 느꼈고 소생과 절망의 어지럽고 안타까운 풍경을 뒤로하며 병원 로비로 나와 기울어진 소파에 몸을 맡겼다.

얼마 동안 잠을 잤는지 기억나지 않지만 1층 로비로 밀려드는 9월 저녁의 한기로 인해 정신을 가다듬었고 타는듯한 목마름에 정수기에서 물 한 모금 받아 마시려는 강숙희는 주위 사람들의 웅성거림에 깜짝 놀라며 TV 화면으로 고개를 돌리게 되었다.

로비 벽면에 설치된 대형 TV 화면에 중국 외교부가 대한민국 정부와 국민에게 전하는 긴급성명이 발표되고 있었고 이제 막 자취를 감추려는 서해의 붉은 석양빛을 받아 화면 전체가 자紫색으로 물들여진 채 얼굴마저 상기된 뉴스 진행자의 다급한 설명과 자막이 대한민국을 끊임없이 흔들고 있었다.

"中國政府絕對沒有參與或唆使過大韓民國民用飛機"未來航空2708"的劫持事件, 恐怖分子是少數韓民族米坦奈族爲了追求自己的獨立而展開的綁架劇。

中國政府對兩名遇難的韓國乘客表示深切的悲痛和哀悼, 並希望因意外事故受傷的乘客和客房事務長早日康復。希望今後兩國能成爲更具建設性和發展性的關係"

"중국 정부는 대한민국 소속 민간항공기 미래항공 2708편 피랍에 절대 관여하거나 사주한 적 없으며 테러범은 소수 한민족인 미탄나이족이 자신의 독립을 추구하기 위해 벌인 납치극이었다. 중국 정부는 사망한 두 명의 한국 승객에게 깊은 슬픔과 조의를 표하며 불의의 사고로 다친 승객과 객실 사무장의 조속한 쾌유를 바란다. 앞으로 두 나라는 좀 더 건설적이고 발전적인 관계가 되길 바란다."

- The end -

국내 최초 항공테러소설
붉은 석양 The Red Sunset

초판 1쇄 인쇄 2022년 2월 5일
초판 1쇄 발행 2022년 2월 10일

저 자 최 성 수
편집인 임 순 재
펴낸곳 (주)한올출판사
등 록 제11-403호
주 소 서울시 마포구 모래내로 83(성산동, 한올빌딩 3층)
전 화 (02)376-4298(대표)
팩 스 (02)302-8073
홈페이지 www.hanol.co.kr
e-메일 hanol@hanol.co.kr
ISBN 979-11-6647-178-0